흑선

黑仙 : 검은 신선

흑선

黑仙 : 검은 신선

고정욱 지음

목차

머리말: 인문학과 소설의 관계 6

1장
1. 약 달이는 소년 12
2. 혼을 깨우는 북소리 20
3. 아픔은 아픔과 만나 힘이 되고 28
4. 지수의 비밀 34
5. 원치 않는 삼각관계 40

2장
6. 한밤의 기습공격 48
7. 꿈속은 미신이야 56
8. 악당은 어떻게 성장하나? 62
9. 금단의 위력 70
10. 금단을 만들라 78

3장
11. 수련 86
12. 암쇠를 찾아서 90
13. 아빠의 죽음 98
14. 담벼락 테러 106
15. 응징의 시간 116

4장
16. 오만함의 대가 124
17. 최후의 일격 134
18. 괴물의 탄생 140
19. 더 큰 도를 향하여 144

5장
20. 남는 사람들 156
21. 마가 도인 162
22. 성장의 약속 168

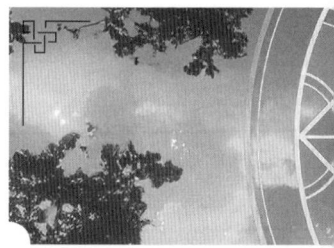

머리말

인문학과 소설의 관계

어머니 말씀에 따르면, 우리 외가는 양반댁이었고, 한때는 큰 부자였다고 한다. 제주도 중산간에 산과 땅, 밭을 많이 가지고 있었다. 그런데 어느 순간, 할아버지 때부터 망하기 시작했고, 어머니가 시집올 무렵에는 온 집안이 쫄딱 망한 상태였다고 한다. 나는 어머니에게 묻지 않을 수 없었다.
"왜 그렇게 큰 부잣집이 망했어요?"
어머니의 대답은 이랬다.
"너희 할아버지가 선도에 빠졌기 때문이야."
선도? 그것이 무엇일까? 나는 나중에 대학에 들어가 역사 공부를 하면서 동학 관련 자료를 찾다가 '선도'라는 이름을 발견했다.
동학이 실패하자 남은 잔존 세력들이 전국으로 퍼졌고, 그들 중 많은 이들이 각자 자신들만의 종교를 만들어내기 시작했다. 다시 말해, 수백수천 명의 사이비 교주들이 양산된 셈이다. 물론 동학 자체도 유교, 불교, 선도 사상을 결합한 종교였다.

'왜?'라는 질문을 던지며 나는 할아버지의 종교적 사상의 뿌리를 찾아낼 수 있었다. 그게 가능했던 이유는 내가 인문학에 대한 훈련이 어느 정도 되어 있었기 때문이다.

흔히들 '인문학, 인문학' 하는데, 인문학이란 무엇일까? 한마디로 이야기하자면, 인문학은 '없는 정답을 찾아가는 학문'이다. 이 세상 모든 사물의 생성 원리는 너무나 다양하기 때문에, 정해진 틀이나 규격대로만 이루어지는 일은 거의 없다. 그 다양성에 맞는 해답을 찾아내는 능력이 바로 인문학이다. 이런 인문학적 사고를 통해 끊임없이 질문하고, 스스로 해답을 쌓아가는 과정이 우리 청소년들에게 꼭 필요하다.

하지만 오늘날의 교육 제도는 어떤가? 오로지 정답만을 맞히라고 강요하고, 입시라는 틀 안에 청소년들의 자유로운 사고를 가둬버린다. 이 상황에서 유일한 돌파구는 인문학, 그 가운데서도 문학이다. 문학 작품을 읽고, 소설 속의 또 다른 세상을 어린이와 청소년들이 경험한다면, 그것만큼 좋은 일도 없다.

작가로서, 이런 상황에서 소설을 쓴다는 것은 스마트폰과 게임보다 더 재미있는 이야기를 써야 한다는 사명을 지닌다는 뜻이다. 요즘 웹소설이 흥행하고 있긴 하지만, 아무리 재미있어도 그 안에는 철학과 역사 등의 인문학적인 소양이나 사유 거리가 없다. 그것이 이 책을 쓰게 된 이유다.

우리 할아버지와 그 조상들과 연관된 유불선 삼 교의 전통, 여기에 무속과 청소년들이 좋아할 초능력이나 신선의 능력을 더했다. 그 안에서 생각할 거리도 주고, '나'라는 존재가 단절된 것이 아니라 먼 뿌리로부터 이어져 오늘날에 이르렀다는 사실을 알게 해 주고 싶었다.

재미있게 읽히는 작품 속에서 독자들이 인문학적 지식을 쌓고, 자신의 진로나 자아정체성을 성찰할 수 있도록 이 작품을 기획했다.

주인공 훈은 상처 입은 짐승처럼 방황하던 아이였지만, 우리 전통 사상을 통해 자신의 길을 찾고, 결국 삶의 보람을 느끼게 된다. 독자들도 주인공 훈을 본받아, 인문학적 사고를 통해 흔들리지 않는 자기 길을 찾기를 진심으로 바란다.

2025년 초여름
북한산 기슭에서 고정욱

1. 약 달이는 소년

"이 녀석아! 또 정신을 못 차리느냐?"

M 노조 조끼를 입은 노인은 들고 있던 작대기로 넋 놓고 있던 소년의 등을 사정없이 후려갈겼다.

"악!"

꾸벅꾸벅 졸던 소년은 불에 덴 것처럼 펄쩍 일어나 손을 뒤로하고 등을 마구 비비며 서둘러 약탕기 앞으로 달려갔다. 어느새 숯불이 다 사그라지고 있었다. 소년은 옆에 있는 백탄을 한 덩어리 집어 화로에 넣고 입으로 바람을 연신 불어 넣었다.

"얼빠진 녀석 같으니라고! 다리몽둥이를 확 부러뜨려야 정신을 차릴 거냐?"

노인은 한심한 녀석 다 본다는 듯 혀를 끌끌 차고 돌아섰다.

도원시 변두리 개천 변의 고물상, 낡은 컨테이너. 거지 같은 차림의 고물상 주인은 강 노인이다. 그가 걸친 옷들은 모두 고물상에 들어온 버린 옷들이었다. 차림새가 노숙자와 다를 바 없는 노인과 중학생 소년이 벌이는 해프닝을 고물상 입구에 묶어 놓은 잡종 진돗개는 나른한 얼굴로 지켜보다 하품하고 기지개를 켰다. 각종 고물과 폐지가 여기저기 산더미처럼 쌓인 고물상 한쪽 공간에는 작은 화로가 놓여 있고, 그 위에는 낡은 약탕기가 올려져 김을 약하게 뿜었다.

"훅훅."

열심히 입김을 불어 넣자 새로 넣은 백탄에 불이 옮겨붙으며 약탕기에서는 묘한 향이 다시 맹렬히 피어올랐다. 약을 달이는데 불이 꺼지려 한다고 혼나는 일이 이번이 처음은 아니었다. 또다시 머리에 작대기가 떨어질까 봐 소년은 눈치를 보며 뒤를 돌아보지만, 강 노인은 평상에 앉아 냉장고에서 나온 검은 모터에서 구리 선을 뽑아내는 망치를 휘두르고 있었다.

"제대로 하지 않으면 이번엔 이 망치로 맞을 줄 알아."

돌아보지도 않고 윽박지르는 강 노인의 목소리는 위압적이었다. 약간 투덜대며 다시 약탕기 화로에 숯을 더 집어넣는 소년의 손은 이미 이 일에 익숙한 듯했다. 불꽃이 살아나고, 약탕기의 물이 다시 끓기 시작했다.

"약 하나를 정성껏 달이는 건 수련과 마찬가지다. 무슨 일을 하든 정성이 하늘을 찔러야 이룰까 말까 한 거야."

강 노인의 가르침은 준엄했다. 소년의 이마에는 땀방울이 맺혔다. 소년의 이름은 문훈. 강 노인은 묵묵히 훈을 지켜보

앉다. 몇 개월 동안 이 수련을 반복했지만, 여전히 강 노인의 얼굴에서는 만족의 기색을 찾아볼 수 없었다. 강 노인은 그래서야 어디 세상에 대한 증오를 가라앉히겠느냐고, 수시로 야단을 쳤다.

"이제 그만 탕약을 모아라."

한참 뒤, 훈은 다 졸여진 탕약을 작은 항아리에 담아 그늘에 놓았다. 거기엔 이미 날을 가려 달여 놓은 100여 개의 작은 단지가 마치 출전을 앞둔 병사처럼 일사불란하게 숙성 중이었다. 훈은 하루에 한 첩씩 약을 달여 단지 하나에 담는 일을 끝없이 하는 중이었다.

"또 뭘 할까요?"

"스트레칭하고 집에 가거라."

매일 모든 수련을 마치면 훈은 스트레칭을 했다. 반드시 해야 할 수련이었다. 스트레칭을 마친 뒤 욕실에서 샤워하고 강 노인에게 예를 갖추었다.

"스승님, 가보겠습니다."

허리를 깊게 숙인 훈에게 강 노인은 고개만 살짝 끄덕인다.

"내일도 같은 시간에 오너라."

이 말을 끝으로 강 노인은 다시 한자투성이 낡은 책을 펼쳐 들었다.

훈은 조용히 고물상을 나섰다. 바깥 공기는 차가웠다. 개천에서 올라오는 축축한 냄새가 코를 찔렀다. 별이 총총한 밤하늘 아래, 훈은 길게 늘어진 자신의 그림자를 바라보며 큰길까지 나가 집으로 가는 1005번 버스에 올랐다.

훈의 집은 '비망사(悲亡寺)'라는 현판이 붙은 외곽의 오래된 주택인 무당집이었다. 말이 사찰이지 그저 오래된 주택일 뿐이었다. 비망사로 향하는 길은 어둡고 좁았다. 가로등조차 가끔 깜박이는 이 길을 훈은 수십 번도 더 다녔다. 멀리서 집의 낡은 기와지붕이 보였다. 달빛에 비친 기와는 마치 은색 비늘처럼 빛났다. 슬픔이 사라진다는 뜻을 가진 이곳에 찾아오는 사람들은 반대로 모두 슬픔을 안고 온다. 훈은 이 아이러니 덕에 자기 가족이 먹고사는 거로 생각하고 있다. 대문을 열고 안으로 들어서자, 마당에서 작은 불상 앞에 정화수를 떠 놓는 엄마 금 보살이 보였다. 그녀의 자애로운 눈빛이 훈을 향했다.

"늦었구나."

"오늘은 샤워까지 하고 왔어요."

엄마는 잠시 훈을 살펴보다가 고개를 끄덕였다. 그녀의 얼굴에서는 걱정이 읽히지 않는다. 그저 다른 차원을 거니는 듯했다.

"씻고 와. 밥상 차려 놨다."

집 안은 외부와 달리 놀라울 정도로 깨끗했다. 오래된 가구들은 반들반들했고, 벽에는 다양한 부적들이 빼곡히 붙어 있었다. 거실 한가운데는 법당으로 꾸며 놓았는데, 엄마는 그곳에서 손님을 받아 점도 봐주고, 사주도 풀이해 주었다.

훈은 복도를 지나 방으로 향했다. 방은 평범한 중학생의 방과 크게 다르지 않았다. 책상 위에는 하다 만 숙제가 널려 있고, 침대 옆에는 축구공이 나뒹굴었다. 다만 방 한구석에 작은 제단이 있다는 점이 특이했다. 제단 위에는 사진 한 장이 있었다. 훈이 어릴 때 찍은 가족사진으로 아빠, 엄마, 그리고 어린 훈이 액자 안에서 환하게 웃고 있었다.

방에 들어선 훈은 책가방을 내려놓고 거울 앞에 섰다. 거울 속 15세 소년의 얼굴에는 피로가 가득하지만, 눈빛은 형형했다. 몇 개월째 강 노인에게 받은 훈련이 그렇게 안으로 옹골차게 맺히는 것 같았다. 하지만 이상하게도 훈은 이 고통을 견딜 만하다고 생각했다. 마치 이 고통이 그의 일부가 된 것처럼.

"왔냐?"

왼손으로 문손잡이를 돌려 방 안을 들여다보는 건 수염을 길게 기른 아빠 문 처사였다.

"네. 다녀왔어요."

"식사해라."

돌아서는 문 처사의 오른팔 소매가 허공에서 펄럭였다. 그는 소매 안에 있어야 할 팔이 없는 장애인이었다. 훈은 옷을 갈아입고 나와 주방 할머니가 차려 놓은 밥상 앞에 앉았다.

낮이면 손님을 받아야 하는 엄마 대신 10년 전부터 살림해 주는 할머니였다. 소박하지만 정성이 담긴 반찬들이 그를 반겼다. 수련 후에는 항상 배가 고팠다. 훈은 허겁지겁 밥을 먹기 시작했고, 엄마 금 보살은 그런 그를 말없이 바라보았다. 그녀의 눈에는 자랑스러움과 걱정이 동시에 담겨 있었다.

"굿 날짜 잡혔어. 다음 주 수요일, 학교에 체험학습 신청해라."

"네."

아빠 문 처사의 목소리가 밝았다. 불경기에 모처럼 하는 굿이었다. 훈은 악사로서 엄마가 굿을 할 때면 신령의 혼을 담아 북을 쳤다.

"엄마, 피곤해요. 이제 자러 갈게요."

훈은 말을 돌렸다. 엄마는 한숨을 쉬며 고개를 끄덕였다.

"내일은 일찍 깨워줄게. 요즘 자꾸 지각하잖니."

훈은 방으로 돌아와 책상 앞에 앉았다. 내일 제출해야 할 숙제가 아직 남아 있었지만, 의욕이 생기지 않았다. 대신 서랍에서 작은 노트를 꺼냈다. 거기에는 강 노인에게 배운 기 수련법이 빼곡히 적혀 있었다. 호흡법, 명상법, 기의 순환 경로 등이 상세히 그려진 노트였다. 노트를 넘기며 오늘 배운 내용을 되새겼다.

"증오를 가라앉혀야 한다."

훈은 오늘 강 노인이 했던 말을 떠올렸다. 무슨 증오를 말하는 건지 알고 있었다. 그건 마음 한구석에 자리 잡은 세상에 대한 분노였다.

창문 밖 달을 바라보며 훈은 잠잘 준비를 마치고 방바닥에 가부좌를 틀고 앉아 깊은 명상에 빠졌다. 그는 강 노인이 가르쳐준 호흡법을 따라 하며 천천히 숨을 들이마시고 내쉬었다. 처음에는 아무 변화도 느껴지지 않았지만, 점차 몸 안에서 따뜻한 기운이 일어나기 시작했다. 마치 작은 불씨가 배꼽 부근에서 타오르는 듯한 느낌이었다. 훈은 그 감각에 집중했다. 불씨는 점점 커졌고, 몸을 따라 퍼져나갔다. 가슴, 팔, 다리로 기운이 흘렀다. 그리고 마침내 그 기운이 그의 눈으로 모여들었다.

2. 혼을 깨우는 북소리

    수요일 아침, 엄마 금 보살의 얼굴에 모처럼 환한 빛이 돌았다. 엄마는 굿당을 분주히 오갔다. 옷장 속에 고이 넣어둔 화려한 무복도 꺼냈다. 금박이 박힌 무복은 반짝였다.
    "이 굿만 잘 끝나면 네 핸드폰 바꿔줄게."
    훈은 순간 가슴이 뛰었다. 얼마 전부터 액정에 금 간 낡은 핸드폰이 늘 불편했기 때문이다. 어떤 핸드폰이 좋을지 생각만 해도 가슴이 설렜다.
    "정말이죠?"
    "굿 끝나고 바로 사 줄 거야."
    엄마는 씩 웃었다. 굿 날짜는 손 없는 수요일이었다. 훈은 어제 학교에 체험학습 신청서를 냈다. 이젠 체험학습도 익숙했다. 선생님도 더 이상 이유를 묻지 않았다. 이미 훈이 무당의 아들임을 알고 있었기 때문이었다.
    "내일 체험학습이 둘이나 있네. 너랑…… 지수."
    훈은 무심코 고개를 끄덕였다. 지수가 누구였나 싶어 가만히 생각해 보니 교실 한쪽에서 얌전히 공부만 하는, 얼굴이 하얀 여자아이였다. 평소에 피아노를 잘 쳐서 특기생으로 예고에 진학하기 위해 늘 음대 교수에게 개인지도 받는다는 아이였다.

시 외곽, 산 중턱에 문필 굿당이 자리 잡고 있었다. 도시와 멀지 않지만, 다른 세계 같았다. 문 처사가 한 손으로 운전하는 자동차로 30분쯤 달리니 굿당이 모습을 드러냈다. 입구에는 붉은 등롱(등의 일종으로 대오리나 쇠로 살을 만들고 종이나 헝겊을 씌워 안에 등잔불을 넣는다)들이 주렁주렁 걸려 있었다. 벌써 굿 관계자들이 삼삼오오 모여 소소한 대화를 나누고 있었다. 악사, 굿주(무당에게 굿을 해 달라고 청한 사람)의 친인척들, 제상에 재물 고이는 사람들(재물을 바치는 사람들)······. 모두 굿 준비에 바빴다. 남자들은 제물을 나르고, 여자들은 제상을 차렸다.
"훈이 왔구나."
새벽에 사우나에 들러 목욕재계하고 온 엄마는 이미 무복을 입고 있었다. 굿당 뒤의 샘물에서 정화수 떠 놓고 오늘의 굿이 잘 이루어지도록 빌어야 했기 때문이다. 얼굴에는 이미 짙은 화장이 되어 있었다. 붉은 입술과 검은 눈썹, 그리고 분칠한 얼굴.
훈은 북 다루는 법을 잘 알았다. 그건 수련의 일부이기도 했다. 어려서부터 굿을 지켜보던 훈은 굿당의 음악에 능했다.

북과 징과 장구 등을 다 칠 줄 알게 된 것이다. 외부에서 온 자동차들이 굿당 부근 도로나 주차장에 차를 대기 시작했다. 굿을 할 때면 구경꾼이나 친인척들이 많이 찾아오곤 했기 때문이다.

제물들이 차려졌고, 무복을 입은 무당들이 하나둘 모였다. 모두 금 보살에게 내림굿을 받은 새끼무당들이었다. 아직 단독으로 굿을 할 수 없어, 이렇게 굿이 열릴 때마다 수련 겸 와서 돕고 있었다.

훈은 북 앞에 앉았다. 문 처사도 징을 방석에 엎어놓고 채를 들었다. 오늘은 비싼 굿인 것 같았다. 피리를 부는 남 처사도 안산에서 오고, 장구를 치는 평택 오 처사도 자리를 잡고 있었다. 그들은 모두 인건비를 받는 전문 악사들이다. 훈은 이렇게 엄마의 굿에서 악사 노릇도 하면서 한 사람 몫을 톡톡히 해냈다. 한복을 입은 중년의 부부와 노부부가 서서 양 손바닥을 비비며 빌기 시작했다. 그들이 이 굿을 부탁한 사람들이었다.

"빌면서 백팔배 하세요."

엄마의 걸걸한 목소리에 오늘의 굿주들은 이마에 땀이 나도록 절을 했다. 잠시 후 엄마 금 보살이 오방기를 들고 빙글빙글 돌았다. 붉은 비단이 허공에 물결쳤다. 제물 위로 향이 피어올랐다. 인근 동네 사람들이 구경 와서 숨을 죽이고 굿판을 바라보았다. 굿당은 온통 요란한 악기 소리와 엄마의 굿

사설로 가득했다.

　엄마 금 보살의 목소리가 높아졌다.

　"휘이! 휘이!"

　엄마는 경중경중 뛰면서 신기를 끌어 올렸다. 어느새 굿당엔 사람들이 가득했다.

　"비나이다, 비나이다. 우리 조선 십삼 도에 시주 왕이 없는 고로 금강산 유점사에 석 달 열흘 불공하여 버선 한 죽 뒤만 남고 입은 장삼 짚만 남아 매화 곡 찾아가니 매화 곡은 간데없고……."

　금 보살의 본풀이 사설이 이어지자, 굿에 연결된 친인척들은 두 손을 비비면서 노상 굽신굽신 빌었다. 원하는 것이 있는 자들은 이렇게 치성드려야 했다. 순간, 강한 바람이 마당을 스치는 것 같았다. 굿당 안의 등롱들이 흔들렸다. 훈은 북을 더 세게 쳤다.

　둥! 둥! 둥!

　엄마는 경중경중 뛰는 속도와 높이를 높여갔다. 눈은 희번덕거리며 무아지경으로 들어섰다. 마침내 신이 들어온 것이다.

　"산신님께서 오셨다!"

　관객들 사이에서 탄성이 터졌다. 그러나 훈은 뭔가 이상함을 느꼈다. 찬 기운이 엄마의 등 뒤에서 피어오르고 있었다. 마치 그림자가 꿈틀거리는 듯했다. 그리고 그 그림자 속에서 낯익은 소녀의 모습이 보이는 것 같았다. 훈도 자신의 북소리에 빠져들어 무아지경이 되었다. 영혼을 울리는 북소리는 뇌파와 함께 공명을 이루었다. 덩달아 좁은 굿당은 열기로 가득했다. 소녀의 얼굴이 눈앞에서 번졌다. 그녀가 훈을 바라보고 있었다. 더 이상 빠를 수 없는 속도로 귀청을 찢는 음악이 이어졌다. 순간, 문 처사의 징 소리가 멎었다.

"어?"

관객들이 술렁였다. 경중거리며 뛰던 엄마의 몸이 휘청대더니 모로 쓰러졌다. 엄마의 제자 무당들이 좌우에서 부축했다.

"휘우!"

엄마는 휘파람을 불며 신들린 상태에서 노인의 목소리로 말했다.

"어허! 서럽구나, 서러워. 내가 그리 너희들을 돌봤는데 이게 무슨 일이냐?"

그러던 엄마가 갑자기 몸을 떨었다.

"아이고, 춥다, 추워!"

엑스터시에서 빠져나오며 엄마는 할아버지의 목소리로 알 수 없는 말을 했다. 그때 정적을 깨고 문 처사가 외쳤다.

"동티(영적인 존재를 노하게 하여 벌을 받는 것)가 났다! 동티가 났어."

굿을 하는 부부는 아빠 문 처사를 바라봤다.

"할아버지께서 춥답니다. 어서 조상 묘에 전화해 봐요. 지금 뭔가 문제가 있어요. 선산에 연락하라고요."

양복을 입은 굿주는 황급히 핸드폰을 들고 굿당 밖으로 나갔다.

"훠이!"

이번엔 엄마가 쉬는 사이에 제자 무당들이 굿을 이어갔다. 훈은 다시 북을 두들겼다. 굿당 안은 온통 열기로 다시 가득해지기 시작했다.

하루 종일 하는 굿이라 점심을 먹어야만 했다. 대개 굿당의 주방에서 나오는 음식은 기가 막힌 맛이었다. 훈은 늘 정갈한 반찬에 최고급 쌀과 국이 나오는 이 식사가 좋았다. 땀 흘려 북을 치는 건 중노동이었다. 허겁지겁 밥을 먹고 자리에서 일어섰다. 대청마루에서 나와 굿당 뒤로 돌아가니 천막 안에 굿주들과 방문객들이 되는대로 자리를 잡고 앉아 점심을 먹고 있었다. 핸드폰 문자를 확인하다 고개를 드니 거기에는 낯익은, 얼굴이 하얀 소녀가 서 있었다.

"어, 너는?"

같은 반 지수였다. 오늘 체험학습 간다고 결석한다는, 선생님의 말씀이 떠올랐다.

"훈이 너 맞구나."

지수는 작은 목소리로 말했다. 훈은 자신이 무당의 아들이라는 사실이 마치 '무궁화꽃이 피었습니다' 게임에서 술래에게 들킨 것 같은 느낌으로 다가왔다. 등골이 찌르르한 낭패감이 온몸을 흔들고 지나갔다. 망했다. 이제 훈의 비밀은 학교에 쫙 퍼질 거였다. 지금이라도 돌아가 비밀로 해달라고 부탁해 볼까 싶었지만 그게 더욱 이상하게 느껴질 것 같았다.

아빠 문 처사는 훈에게 말했다.

"저 아이 조상 산소 옆에 누가 큰 카페를 지었단다."

산소 옆에 카페를 지었다고 동티가 난다는 게 이해가 되지 않았다. 그건 굿 구경 온 사람들도 마찬가지였다.

"조상이 노하셔서 도와 달라고 손녀딸 아프게 한 거래."

"그래? 아까 그 얼굴 하얀 애가 손녀구나."

"병이 잘 낫지 않는대. 그래서 굿을 했는데 동티를 발견한 거지."

수군대는 말들을 종합하면 한마디로 굿의 성과가 난 거 같았다. 원인을 발견했으니 말이다. 지수의 아빠는 어느새 사라지고 없었다. 문제를 해결하기 위해 바로 선산으로 내려갔다는 거다. 지수의 엄마와 나머지 친척들이 굿을 마무리했다.

"휘이! 이제 나는 살았다. 잘해주겠다. 너희들 다 잘살게 해 줄 거다. 휘이! 우리 손녀 건강하게 해줄 거다."

선산에 묻혔을 조상 할아버지의 목소리로 엄마는 겅중겅중 뛰었다. 딸의 질병이 뭐가 문제인지, 원인을 알게 된 지수의 엄마는 더욱 지성으로 손을 비비며 연신 고개를 조아렸다.

3. 아픔은 아픔과 만나 힘이 되고

아침 햇살이 책상 위를 타고 내려왔다. 눈을 뜬 훈은 움직이지 않았다. 침대에 누운 채 한참 동안 천장을 올려다보았다. 오늘은 유난히 시간이 천천히 가는 듯했다.

"밥 먹어라."

밖에서 들리는 엄마의 말에 고개를 끄덕이며 식탁에 앉았다.

"핸드폰 사 왔다. 가서 개통해."

엄마는 포장도 안 뜯은 최신형 핸드폰을 하나 건네주었다. 굿하고 나서 얻는 큰 선물이었다. 기분이 좋아졌다. 핸드폰은 청소년의 마음을 홀리는 요물이기도 했다. 훈은 밝아진 얼굴로 식사를 마친 뒤 가방을 메고 현관문을 나서며, 신발 끈을 꽉 조여 맸다. 무언가를 다잡는 마음으로.

학교로 향하는 길, 골목길 전봇대에 붙은 전단 문구조차 평소보다 커 보였다. 버스 정류장에 도착하니 같은 반 친구들이 세 명쯤 있었다. 훈은 일부러 그들 뒤쪽에 섰다. 혹시라도 자기 뒷이야기를 하는 건 아닐까, 헛된 조바심이 머리를 채웠다.

버스 안은 생각보다 조용했다. 손잡이를 잡고 선 채 창밖만 바라보았다. 지나가는 건물들, 신호등, 횡단보도. 모든 것이 익숙한데, 그 속에서 자신만 이방인처럼 느껴졌다.

'혹시…… 지수가 사람들에게 말했을까?'

머릿속에서 수십 번 돌려본 장면 — 어제의 그 굿당, 북을 치는 모습, 들썩이는 무복, 고개를 꺾은 어머니 — 들이 누군가의 입에서 이렇게 들려올지 모르는 일이었다.

"야, 훈이 걔 무당 아들이래."

손에 묻은 녹은 엿처럼 우울함이 달라붙는 걸 떼어 내며 학교 정문 앞에 도착했을 때, 훈은 무의식중에 고개를 숙였다. 운동장을 가로지르며 걸을 때도 고개를 들지 못했다. 평소처럼 인사하며 다가오는 친구들에게도 어색하게 웃으며 간신히 아는 체만 했다. 교실 문 앞에 서자 심장이 더 세게 뛰었다. 혹시라도 누군가 눈짓을 주거나, 수군거리지는 않을까. 불안은 짐처럼 어깨에 얹혀 있었다.

"왔냐?"

옆자리 짝의 인사에도 훈은 짧게 대답했다. 그 비밀이 탄로 날지도 모른다는 사실이 그를 쓸쓸하게 만들었다.

칠판을 바라보며 앉았지만, 머릿속은 멍했다. 교과서도 꺼내지 못하고 손을 모은 채 책상 아래로 시선을 내렸다.

"왜 그래, 어디 아파?"

뒤에서 누군가 물었다. 훈은 고개를 돌리지 않은 채 대답했다.

"아니, 그냥 좀 피곤해."

거짓말이었다. 피곤한 건 몸이 아니라 마음이었다. 누구도 그의 마음을 들여다볼 수 없을 테니 그 안에 깃든 두려움과 불안이 조금이라도 드러날까 봐 입꼬리를 억지로 올리며 하루를 버티는 것 같았다.

학원 수업을 마치고 나오자, 하늘은 이미 어둑어둑해져 있었다. 훈은 지친 몸을 이끌고 천천히 버스 정류장을 향해 걸었다. 학원 앞 가로등 불빛 아래에서 교복 입은 학생들이 삼삼오오 웃고 있었다. 그 웃음은 마치 자신을 향한 것만 같았다.

버스에 올라 창가에 앉은 훈은 창문에 비친 얼굴을 물끄러미 바라봤다. 하루 종일 지수의 그림자가 마음을 짓눌렀고, 여전히 교실에서의 불안이 남아 있었다. 하지만 지금은 그보다 더 무거운 공기가 억누르고 있는 것 같았다.

버스가 정류장에 멈추고, 버스에서 내린 훈은 집으로 가는 골목길로 발걸음을 옮겼다. 어둠 속에서도 익숙한 돌담, 마당에 걸린 풍경 소리가 어서 오라는 것 같았다. 대문을 열고 들어서자, 낮게 울리는 개 짖는 소리와 함께 엄마의 환한 목소리가 들려왔다.

"훈아, 왔니? 어서 들어와 봐라!"

엄마의 목소리가 평소보다 높고 경쾌했다. 훈은 고개를 갸웃하며 안채로 들어섰다. 방 안에는 아빠 문 처사도 앉아 있었고, 희미한 불빛 아래 그의 얼굴에는 모처럼 웃음이 가득했다.

"전에 굿한 집 무덤을 파서 지하수를 확인해 봤다더라."

"지하수요?"

"응. 원래 조상 묘지 쪽엔 물길이 없었는데, 최근에 깊이 파 보니까…… 물길이 새로 건물 지으면서 완전히 바뀌었더래. 그 물길 때문에, 선산의 묘들이 전부 물에 잠겨 있었어. 비석 밑으로 물이 차올라서, 관도 젖고 시신들이 전부……."

"물에 잠겼나요?"

"그래, 시신들이 물에 반쯤 둥둥 떠 있었대."

순간, 훈의 등줄기에 한기가 스쳤다. 엄마는 고개를 끄덕이며 말을 이었다.

"그 집 조상이 그렇게 물에 잠긴 줄도 모르고 있었던 거야. 그러니 당연히 동티가 나지."

아버지는 술잔을 천천히 내려놓으며 말했다. 무속에서는 조상의 묘가 잘못되면 조상들은 자신들이 고통스럽다는 걸 사업 실패나 질병 등으로 후손을 괴롭힘으로써 알게 한다는 식으로 해석한다.

"묘를 옮긴다고 하더라, 이번 주 토요일에. 그 일 해결되면 그 집 딸아이 건강도 금세 회복되겠지."

훈은 입술을 꾹 다물었다. 자신이 그 굿에서 느낀 불길한 기운 — 그림자, 그리고 북소리 속에서 스쳐 간 지수의 모습 등 — 그 모든 게 단순한 기분상의 문제가 아니었음을 확인하는 순간이었다.

"굿이 진짜로 통했네요."

무서우면서도, 이상하게도 마음 한쪽이 놓이는 듯한 기분이었다. 별빛이 창문 너머로 흘러들고 있었다.

4. 지수의 비밀

교실 창가에 햇살이 기울던 점심시간, 훈은 지수가 조용히 다가오는 것을 느꼈다.

지수는 말 한마디 없이 훈의 책상 위에 작은 쪽지를 내려놓고 지나갔다.

쪽지 위에는 단정한 글씨가 쓰여 있었다.

오늘 학원 끝나고 우리 동네 무인카페에서 만날 수 있어?
하고 싶은 말이 있어.

훈은 쪽지를 접으며 마음이 조금 흔들렸다. 지수가 자기를 피하지 않는다는 사실이 다행이면서도, 또 다른 무게가 느껴졌다. 하루 종일 시곗바늘은 더디게 움직였고, 훈의 눈은 몇 번이고 교실 창밖을 향했다. 학원 수업이 끝난 건 해가 넘어갈 무렵이었다.

버스를 타고 지수의 동네로 향하면서 훈은 유리창에 비친

자기 얼굴을 자꾸 바라봤다.

'무슨 얘기를 하려는 걸까. 왜 나를……?'

무인카페는 골목 안쪽 작은 단독주택을 개조한 조용한 공간이었다. 밖에서는 간판도 눈에 띄지 않았고, 무인 결제 시스템으로 운영되는 셀프 카페였다. 훈이 문을 열고 들어서자, 안쪽 구석 창가 자리에서 지수가 작은 종이컵을 두 손으로 감싼 채 앉아 있었다.

"왔구나."

지수가 먼저 아는 체를 했다. 그 눈빛은 평소보다 조금 더 깊고 조심스러웠다. 훈은 인사를 하며 맞은편에 앉았다.

"고마워, 와 줘서."

"무슨 얘기하려는 건데……?"

지수는 한숨을 길게 내쉬고, 컵을 내려놓았다.

"너도 알겠지만, 나 사실 어려서부터 매우 아팠어."

그 말의 시작이 가벼운 고백처럼 들렸지만, 곧 그녀의 목소리는 낮고 단단해졌다.

"루푸스라는 병이었어. 자가면역질환이라고…… 몸이 스스로 자기 몸을 공격하는 병."

훈은 말없이 그녀를 바라보았다.

"병원도 많이 다녔고, 약도 오래 먹었어. 조금만 피곤해도 열이 나고, 관절이 아프고…… 살도 많이 빠졌지."

지수의 눈빛은 멍든 기억을 꺼내는 사람처럼 흔들렸다.

"엄마는 내가 유치원 다닐 때 돌아가셨어. 그래서 지금 엄마는…… 새엄마야."

그녀는 조심스럽게 말을 이었다.

"처음엔 되게 조심스럽게 대해줬어. 지금도 그래. 내가 아플까 봐 항상 몸에 좋은 거 챙겨주고……."

"근데 왜……?"

"아, 내가 너무 훅 들어가는 거지?"

지수는 잠시 말을 멈췄다.

"아니야. 괜찮아."

"네가 북 치는 걸 보고 나서 난 더 이상 너에게 비밀은 의미 없다고 생각했어. 서로의 아킬레스건을 본 거잖아."

"……."

"아무튼 그래서 나는 그 뒤로 몸에 좋다는 걸 먹으면 먹을수록…… 몸이 더 무거워져. 기운이 나야 하는데, 자꾸 지치는 느낌이야. 전보다 더 아픈 것 같기도 하고."

훈은 숨을 들이쉬었다. 지수가 말하는 불안은 단지 병 때문만은 아닌 듯했다.

"엄마가 나를 아끼는 건 알아. 그런데 가끔…… 그게 오히려 불편해."

그 말은 마치 신호탄 같았다.

"나, 이상한 소리 하는 거지?"

훈은 고개를 천천히 저었다.

"아니, 아니야."

부모님이 말했던 지하수의 물길, 물에 잠긴 조상 묘지의 기억이 떠올랐다. 그리고 굿당에서 느꼈던 그 차가운 기운, 푸른 그림자. 그때의 지수는 지금과 전혀 다른 얼굴을 하고 있었다. 지금 차원에 있지 않은 신적인 아이로 느껴졌다.

그러나 지금, 이 순간의 지수는 누군가에게 들킬까 봐 두려운 눈빛으로, 조용히 도움을 요청하는 여린 소녀일 뿐이었다. 그 진심이 훈의 가슴을 찔렀다. 얼마나 오랫동안 고통과 두려움을 안고 살아왔을지 생각하니 가슴이 먹먹해졌다.

그건 훈이 무당의 아들임을 밝히지 못하고 숨긴 것과 비슷한 감정이었다. 따뜻한 카페 안, 잔잔한 음악이 흐르고 있었지만 두 사람 사이엔 조용한 울림이 감돌았다. 훈은 조용히 컵을 내려놓고 입을 열었다.

"나도…… 말 안 한 게 있어."

"그게 궁금했어. 네가 왜 굿하는 데 악사 노릇을 했는지."

"우리 엄마, 무당이야. 금 보살. 굿하고, 점치고, 그런 일 해."

잠시 말을 멈춘 훈은 숨을 고르고 다시 말했다.

"아빠는…… 팔이 없어. 어릴 때 사고로 그랬대."

지수는 훈의 눈치를 살피며 아무 말도 하지 않았다.

"굿할 때 징 치시던 분이야. 철없던 나는 그게 창피했어. 사람들 눈치도 보이고, 이상한 애 취급할까 봐."

훈은 웃는 듯 말했지만, 목소리는 떨렸다.

"어릴 땐 그런 게 잘못인 줄 알았거든. 엄마가 이상한 직업을 가졌고, 아빠는 멀쩡하지 않으니까……. 근데 나도 그냥…… 다른 사람들처럼 살고 싶었을 뿐이야."

이 말을 듣던 지수의 눈에 눈물이 맺히기 시작했다. 훈도 눈가가 시큰거렸다. 말로는 해소되지 않는 감정이 마음 한쪽을 밀고 올라왔다. 둘은 이렇게 서로의 가장 큰 상처를 드러낸 거다.

"너무 힘들었겠다……."

지수는 그렇게 말하고, 손등으로 눈물을 훔쳤다. 그건 큰 감동이었다.

"나도 그랬어. 아프다는 이유로 투명 인간처럼 지냈어. 애들이랑 멀어지고, 늘 조심하고."

둘은 말없이 서로를 바라봤다. 말보다 더 큰 공감이 그들 사이에 흐르고 있었다. 지수는 테이블 밑에서 슬며시 손을 내밀었고, 훈은 주저하다 그 손을 잡았다. 따뜻한 손, 뭔가 단단히 이어지는 느낌이었다. 그 순간, 훈의 눈에서도 눈물이 흘렀다. 그걸 본 지수는 오히려 더 꼭 손을 잡아주었다.

"우리…… 서로 비밀……."

지수의 말에 훈은 고개를 끄덕였다.

"응. 말하지 않을게. 약속해."

서로의 상처를 마주한 순간, 그들은 처음으로 자신의 아픔이 누군가에게 이해받을 수 있다는 사실을 깨달았다. 아무 말도 하지 않아도 서로의 눈빛만으로 마음을 읽을 수 있을 만큼, 그날 카페의 조용한 공기는 두 사람을 아주 깊은 곳에서 이어주었다. 그날, 두 아이는 아픔을 나눈다는 건 곧 마음을 나누는 일이라는 사실도 처음으로 배웠다.

5. 원치 않는 삼각관계

늦은 밤이었다. 학원 수업이 끝나고 훈은 천천히 골목을 걷고 있었다. 도시의 소음은 한 걸음 뒤로 물러나 있었고, 가로등 불빛 아래 그의 그림자만 길게 늘어져 있었다. 오늘은 유난히도 하루가 길게 느껴졌다. 필기한 노트가 무겁게 느껴졌고, 강 노인의 훈육으로부터 시작된 몸의 피로가 이제야 몰려오는 듯했다.

"훈아!"

귀에 익은 목소리가 바로 옆에서 터졌다. 놀란 훈이 고개를 돌리기도 전에, 누군가 그의 팔에 갑자기 팔짱을 끼고 바짝 붙었다. 차가운 손, 빠른 심장박동, 그리고 조금 헐떡이는 숨소리, 동시에 맡게 되는 샴푸 향, 지수였다.

"아, 미안. 좀 놀랐지?"

지수는 짧은 숨을 고르며 애써 웃었다. 입꼬리는 올라가 있었지만, 눈빛은 다급했고 어딘가 초조했다. 훈은 더 당황했다. 지수와는 딱히 친한 사이도 아니었다. 물론 며칠 전 카페에서 있었던 일을 계기로 조금은 가까워졌다고 생각했지만 이건 또 다른 차원의 일이었다.

"괜찮아……. 근데 무슨 일이야? 갑자기?"

훈이 조심스럽게 물었다.

"그냥…… 너 지나가는 거 보여서. 나도 마침 방향이 같아."

지수는 그렇게 말하며 아무렇지 않은 척 그의 팔을 더 꽉 감쌌다. 하지만 훈은 느낄 수 있었다. 그녀의 손가락 끝이 조금 떨리고 있다는 것을. 게다가 둘은 팔짱을 낄 정도로 친한 사이도 아니었다. 말없이 몇 걸음 더 걸었다. 학원 건물에서 조금 떨어진 인도 위, 차 소리만 멀리 들리는 조용한 길이었다.

"오늘은 학원 어땠어?"

지수가 먼저 말을 꺼냈다.

"뭐, 평소랑 비슷했지. 단어 시험 하나 보고, 선생님이 또 대학입시 얘기 꺼내고……."

훈은 자연스럽게 대화를 이어가려 했다. 하지만 가슴은 계속 두근거리고 있었다. 감정이라는 건 순간순간 기회를 타고 피어나는 것 같았다.

그러나 그 순간, 등 뒤에서 느껴지는 시선이 있었다. 아주 날카롭고, 서늘해서 조용히 등을 밀고 들어오는 칼날처럼. 그 시선의 주인공은 골목 한편에 서 있던 우석이었다. 학년을 통틀어 누구나 아는 몇 안 되는 학생, 시내 중심가의 극진 가라테 도장 관장의 아들. 체격은 이미 고등학생 수준이었고, 항상 체육복 점퍼를 걸치고 다녔다. 말이 적고 표정은 굳어 있었으며, 누가 다가와도 대꾸 없이 무시하는 게 일상이었다. 그런데 이상하게도 친구는 많았다. 아니, '따르는 무리'가 많았다고 표현하는 게 맞았다. 그가 바로 일진이었기 때문이다.

훈과는 몇 번 마주친 적이 있지만, 딱히 얽힐 일은 없었다. 그런데 지금 그런 우석이 지수와 훈을 노려보는 것이다. 그 시선은 단순한 질투가 아니었다. 사냥감이 앞을 스쳐 지나갈 때의 매서움, 불쾌감과 분노, 그리고 어떤 굳은 결심이 서린 눈빛을 남긴 채 사라졌다.

지수는 그것을 알고 있었다. 그래서 지금 이러는 거였다. 우석이가 말을 걸자 우연히 저만치 가고 있는 훈에게 달려와 일부러 아는 척한 거였다.

"너랑 이야기하니까 좀 괜찮아졌어."

그 말에 훈은 더 이상 대꾸할 수 없었다. 심장은 여전히 뛰고 있었고, 어깨에는 아직 그녀의 온기가 남아 있었다. 뒤를 돌아보지 않아도 우석이 아직 그곳에 있다는 것을 알 수 있었다. 아니, 그가 더 가까이 다가올지도 모른다는 예감에 훈의 마음속에서는 무언가 본능적인 불안이 꿈틀거렸다.

둘은 자연스럽게 가까운 편의점 자동문을 열고 들어섰다. 컵라면 두 개와 치즈 두 장을 계산하고 뜨거운 물을 부은 뒤,

매장 한쪽의 테이블로 향했다. 두 개의 종이컵에서 김이 서서히 피어올랐다. 테이블 위엔 라면, 플라스틱 포크 하나, 간단하고 소박한 밤의 식사였다. 지수는 뜨거운 물을 부어 둔 라면 뚜껑을 조심스레 열었다. 김이 퍼지며 녹은 치즈 향이 코끝을 스쳤다.

"너는 어때? 친한 친구 있어?"

훈은 젓가락을 꺼내다 손을 멈췄다. 짧은 침묵이 흘렀고, 그는 천천히 대답했다.

"없어. 어릴 때는 있었던 것 같아. 근데 점점 줄더니, 어느 순간엔 아무도 없더라. 그냥…… 그렇게 된 거야."

지수는 천천히 라면을 먹었다. 그리고 국물을 후루룩 마시며, 그의 말을 기다렸다.

"사람들이 나한테 좀…… 거리감을 두더라고."

훈의 어조는 점점 낮아졌다. 이왕 이렇게 된 거 될 대로 되란 심정으로 말을 이어갔다.

"무당 아들이란 거, 이상하게 받아들이는 애들이 많았어. 처음엔 신기해하다가도 나중엔 피하고. 어떤 애는 날 보면서 부모님께 뭐 해달라고 말해달라고도 했어. 주술 비슷한 거. 마치, 내가 뭔가를 조종할 수 있다는 듯 말이야. 귀신 보듯 하는 애도 있었고."

지수는 놀란 듯 눈을 크게 떴다.

"진짜 그런 말도 들어봤어?"

"응. 처음엔 웃었지. 근데 자꾸 그런 게 쌓이니까, 그냥 말하지 말자 싶더라고. 말을 안 하면 적어도 놀림은 안 당하잖아. 투명 인간 전략이랄까?"

지수는 그 말에 눈웃음을 지으며 컵을 내려놓았다. 하지만 그 순간 그녀의 시선은 편의점 유리창 너머 어두운 골목에 멈췄다. 그리고 눈빛이 굳고, 표정이 얼어붙었다. 그곳에는 아까 사라진 줄 알았던 우석이 여전히 다시 서 있었다. 깊게 눌러 쓴 모자 아래 차갑게 식은 눈빛. 손을 주머니에 찔러 넣은 채 골목 어귀에 우두커니 서 있던 그는 천천히 걸음을 옮기고 있었다.

어둠을 가르고 다가오는 그의 걸음은 무거웠고, 공기를 베어내듯 날카로웠다. 지수는 몸을 움츠렸다. 우석은 천천히 편의점으로 다가왔다. 문이 열리고 외부 공기가 함께 들이닥쳤고, 그의 운동화 밑창이 바닥을 질질 긁었다. 마치 고의로 소리를 내듯, 조용한 공간에 거슬리는 마찰음이 울려 퍼졌다.

"야!"

낮고 짧은 한마디에 지수는 움찔했지만, 훈은 가볍게 숨을 들이쉬며 일어섰다. 편의점 조명이 그의 얼굴을 하얗게 비추고 있었다. 우석은 테이블에 서서히 다가와 두 사람을 노려봤다. 눈동자 속엔 멍든 감정이 켜켜이 쌓여 있었다.

"지수 같은 애가 너한테 어울린다고 생각해?"

지수는 고개를 숙였다. 말없이 죄지은 사람처럼.

"얘는 급이 다르잖아. 너 같은 애랑 비교가 되냐고."

그 말에 훈의 눈빛이 살짝 바뀌었다. 단단하게, 조용히.

"그 급이란 건 네가 정하는 거야?"

훈은 질문하듯 말했지만, 목소리에는 미세한 긴장이 실려 있었다. 우석은 한 걸음 더 다가왔다. 그의 그림자가 두 사람 사이에 드리워졌다. 편의점 불빛 아래 그의 얼굴은 음영이 짙었고, 눈빛은 마치 먹잇감을 정조준한 맹수 같았다. 우석은 자기 손으로 목을 긋는 시늉을 했다. 말은 없었지만, 위협은 명확했다.

"다음엔 말로 안 끝나."

우석은 그 말을 끝으로 돌아섰다. 문이 자동으로 열리고, 찬 공기가 다시 한번 휘감아 돌며 들어왔다. 그의 그림자는 어둠 속으로 천천히 사라졌다.

6. 한밤의 기습공격

고물상 골목에 바람이 불었다. 철제 문짝이 삐걱대며 흔들리고, 파란색 컨테이너 벽면에 붙은 광고지가 팔랑팔랑 춤을 췄다. 하늘은 군청색으로 물들었고, 구름 한 점 없는 어둠 위로 별이 하나둘 떠오르기 시작했다.

컨테이너 안, 오래된 화로 위에선 탕약이 끓고 있었다. 훈은 어슴푸레한 형광등 불빛 아래 무릎을 꿇고 앉아 있었다. 입으로 가볍게 바람을 불며 숯불의 불꽃을 살피고, 탕약 온도를 일정하게 유지해야만 했다.

"불을 다스릴 수 있어야, 마음을 다스릴 수 있다."

강 노인의 말처럼, 훈은 이제 불을 느낄 수 있었다. 붉은 불꽃의 맥이 어디로 흐르고, 어떤 방향으로 기운이 퍼지는지. 불과 하나가 되는 듯한 기분, 그 순간만큼은 세상의 모든 소음이 멀어졌다.

강 노인은 툇마루에 앉아 있었다. 그의 무릎 위에는 바닥이 닳고 닳은 낡은 한자책이 펼쳐져 있었고, 한 손엔 귀신을 쫓는다는 마른 복숭아나무 가지가 들려 있었다. 그는 책을 읽지도 않고 훈을 지켜보고 있었다.

"그만하면 됐다."

낮고 묵직한 목소리였다.

훈은 천천히 몸을 일으켰다. 약탕기를 들어 올려 약을 항아리에 옮겼다. 손놀림은 조심스럽고 단단했다. 이마에선 땀이 뚝뚝 떨어졌지만, 한 번도 손을 멈추지 않았다. 항아리에 뚜껑을 덮고, 헝겊을 덧씌우며 숨을 내쉬었다. 긴장이 풀렸다. 하루의 수련이 끝났음을 알리는 의식이었다.

"네가 수련을 시작한 지 벌써 100일째구나."

강 노인의 말에 훈은 고개를 들었다.

"네."

어느 날, 아빠 문 처사는 훈에게 말했다.

"훈아, 네 스승을 정했다. 고물상 하는 강 노인에게 가 봐라. 배울 게 있을 거다."

그렇게 오게 된 게 벌써 6개월 전이었다. 처음엔 고물을 분류하고 정리하는 일만 해야 했다. 하루 종일 일하면 온몸이 쑤셨다. 신기한 건, 강 노인의 노동량은 훈의 두 배가 넘는 데도 지친 기색 한번 보인 적이 없다는 사실이다.

그러다 조금 나아진 게 약을 달이는 일이었다.

"처음 왔을 땐, 이 화롯불 하나도 제대로 못 봤지. 뜨겁고 무섭다고…….”

훈은 멋쩍은 웃음을 지었다.

"맞아요. 그땐 그냥 한두 번 해보면 익숙해질 줄 알았어요."

강 노인은 고개를 끄덕였다.

"그래, 대부분 그렇게 시작하지. 힘을 갖기 위해, 복수하거나 지키기 위해. 그건 자연스러운 일이야."

그는 책을 덮고 훈에게 시선을 고정했다.

"하지만 진짜 힘은 쓰지 않을 때 생기는 거다. 싸우지 않고 이길 수 있는 자만이 진짜 강한 자다. 신선의 도는 이 세상의 모든 법칙에서 벗어나는 길이다. 네가 원하는 걸 이루기 위한 도구가 아니야. 그건 욕심이고, 집착이고, 결국 널 망치는 독이 되지."

그리고 잠시 말을 멈췄다. 마치 훈의 마음을 들여다보는 듯한 눈빛이었다.

"이 세상은 거짓이 많다. 힘센 자를 진리라고 하고, 가진 자를 정의라고 한다. 그런데 그건 진실이 아니야."

훈은 작게 속삭이듯 물었다.

"그럼…… 저는 어떻게 살아야 하나요?"

강 노인은 입꼬리를 살짝 올렸다.

"선하게 살아라."

그 말은 단순했지만, 무게가 있었다.

"네가 어떤 상황에 있든, 네 안에 선함이 있다면 너는 절대 흔들리지 않는다. 이 도는 단지 기를 쓰는 기술이 아니다. 네 마음을 지키는 길이다."

훈은 그 말이 마음 깊숙이 새겨지는 걸 느꼈다. 지금껏 기를 배운다고 생각했지만, 그는 삶의 태도를 배우고 있었다.

"그걸 절대 잊지 마라. 속세에 끌리지 마라. 헛된 것에 욕심을 부릴 이유는 없어. 너는…… 그저 너의 길을 걸으면 된다. 내일부터는 금단을 만드는 작업을 새로 시작하자."

금단이라고 했다. 모든 신선이 먹고 영생한다는 그 신비의 약, 금단. 말로만 듣던 그 약! 하지만 그 누구도 제조하거나 만들었다는 이야기를 듣지 못한 선약. 새로 시작한다는 건 전에도 작업을 했다는 의미인 듯했다.

"제가 할 수 있을까요?"

"도전해 보는 거다."

훈은 인사하고 고물상을 나섰다. 몸은 조금 지쳤지만, 마음은 가볍고 단단했다. 오히려 기운이 도는 느낌이었다. 공기는 차가웠고, 개천 옆엔 바람이 세차게 불었다. 골목은 조용했고, 바닥에는 쌓인 낙엽들이 부스럭거렸다. 아빠 문 처사가 자신을 이곳에 보내며 한 말이 생각났다.

— 훈아, 너의 낮은 자존감을 높이는 길은 선도를 닦는 거다. 그 길은 오로지 오랜 수련을 통해 너의 몸과 마음을 다 바꾸는 것이다.

정류장까지 이어진 길을 따라 걷고 있을 때였다. 뭔가 이상한 기운이 느껴졌다. 훈은 걸음을 멈췄다. 등 뒤에서 발소리가 들렸다. 빠르고 가볍지만, 너무 익숙한 리듬. 그가 뒤돌았을 때, 우석의 패거리들이 따라오고 있었다. 그 무리에 우석이 있었다. 우석은 손을 주머니에 찔러 넣은 채 천천히 걸어왔다. 입가엔 비틀린 미소가 걸려 있었다. 도망갈 길은 없었다.

"내가 지수랑 만나지 말라고 사인을 보냈을 텐데."

"몰랐는데?"

"그걸 말로 해야 아냐?"

"……."

"말로는 안 되겠다. 그래도 착하게, 몇 대만 맞고 끝낼래?"

그의 그림자가 가로등 불빛에 길게 늘어졌다. 뒤따라온 아이들도 하나둘 훈을 둘러쌌다. 길은 좁았다. 양옆은 담장이었고, 뒤는 이미 막혀 있었다. 훈은 고요히 숨을 내쉬었다. 뭔가를 의식적으로 마주하려는 듯 호흡을 가다듬었다.

"지수랑 다정하게 컵라면 먹고, 참 바쁘다. 너."

우석은 툭툭 웃었다. 한 손엔 체육관에서 쓰는 격투기용 얇은 글러브가 끼워져 있었다.

"뭐야, 진짜 대답도 안 해?"

우석이 발을 구르며 앞으로 나왔다. 발목이 땅을 밟을 때, 주위 공기가 잠시 흔들렸다. 그는 주먹을 높이 들었다.

"기회 줬잖아."

그리고 주먹이 날아들었다. 하지만 훈은 피하지 않았다. 그 대신 팔을 들어 턱을 가렸다. 충격이 팔을 타고 왔다.

"야, 밟아!"

그 순간이었다. 우석의 패거리들은 기다렸다는 듯 우르르 몰려들어 마구 집단 폭행했다. 훈은 팔꿈치를 붙이고 허리를 살짝 틀었다. 충격이 왔지만, 직격은 피했다. 고통은 있었지만, 최대한 몸을 방어했다. 골목엔 발소리, 숨소리, 헐떡임, 신발 밑창 끄는 소리, 욕설이 뒤섞여 울렸다. 훈은 두 팔로 얼굴을 감싸고, 배를 웅크리며, 무릎을 접어 방어했다. 때리고 밀치고 발로 걷어찼지만, 그는 넘어지지 않았다.

"부드러움이 강함을 이긴다. 때리는 자는 결국 지치게 된다."

강 노인의 말이 떠올랐다.

"싸우지 않고도 이기는 자, 그가 진짜 도를 아는 자다."

우석의 주먹이 다시 날아들었다. 이번엔 어깨를 정통으로 맞았다. 충격에 몸이 휘청였지만, 훈은 눈을 감고 숨을 조절했다. 몸을 방어하는 기가 몸을 타고 흐르고 있었다.

"야, 됐어. 그만 가자."

우석은 이를 갈았다. 훈을 노려보다가 마지막으로 두 손가락을 자기 눈에 댔다가 훈이를 향했다. 지켜보겠다는 몸짓이다.

"너…… 끝났어. 나대지 마라."

그 말과 함께 그들은 어둠 속으로 사라졌다. 골목엔 정적이 흘렀다. 훈은 천천히 숨을 골랐다. 몸은 여기저기 욱신거렸지만 뼈가 부러지진 않았다.

손에는 미세한 진동이 남아 있었다. 강 노인의 말이 또렷하게 떠올랐다. 자신이 끝까지 공격하지 않은 이유는 알았다. 지수 때문도, 겁 때문도 아닌, 자신을 잃고 싶지 않았기 때문이다. 밤하늘에는 별이 총총했다. 하지만 치미는 분노로 온몸이 떨렸다.

7. 무속은 미신이야

"자, 오늘은 잠깐 전통사상 이야기를 좀 해보자."

역사 선생님은 칠판에 '유불선(儒佛仙)' 세 글자를 큼직하게 적고는 분필을 탁 털었다.

"유교는 공자님이 강조한 예절과 효도, 사람답게 사는 법을 가르친 사상이야. 조선이 그걸 나라의 근본으로 삼았지."

창가에 앉은 훈은 '사람답게 사는 법'이라는 말에 문득 고개를 들었다. 관심이 없을 수가 없었다. 선(仙) 자가 자신의 화두였기 때문이다.

"불교는 마음을 비우고, 고통에서 벗어나는 길을 찾자는 거고……. 중용, 자비, 이런 말 들어봤지? 그리고 도교, 혹은 선도는 자연을 따르고 몸과 마음을 맑게 하자는 사상이야. 신선이 되는 걸 목표로 하지."

그 말에 훈은 지난주 강 노인의 말이 떠올랐다. 그 말 덕분에 우석의 테러에도 평정을 유지할 수 있었다. 온몸에 상처가 있어도 그것이 분노로 승화하지 않았다. 사건 이후 무대응으로 일관해 학교에서도 내색 없이 일주일을 보낼 수 있었다.

그런데 이런 평정을 깨는 시도가 있었다. 교실 뒤에 있는 명식이가 손을 들었다.

"선생님, 무당은 미신 아닙니까?"

훈은 등골에 찌릿한 전류가 흐르는 것 같았다. 명식은 우석이의 패거리로 얼마 전 골목길에서 나타난 녀석이었다.

"하하, 좋은 질문이다."

아무것도 모르는 선생님은 본격적으로 설명하겠다는 자세로 칠판 한쪽에 '무속'이라고 적은 뒤 말을 이었다.

"무속은 단순히 미신이 아니야. 미신이라는 뜻은 헛되게 맹목적으로 뭔가를 믿는 거야. 기독교나 불교도 잘못 믿으면 미신이 되는 거란다. 그런 면에서는 무속도 인류가 처음으로 가졌던 종교 형태에 가까워. 샤머니즘이라고 하지."

아이들이 웅성대자, 선생님은 빙긋 웃었다.

"조상과 자연, 눈에 보이지 않는 세계를 경외하는 마음이 무속의 뿌리지. 그런 감정은 원시적이라기보다 인간답다고 봐야 해. 우리 안에는 종교적인 갈망이 있으니까. 그래서 누군가는 하늘을 믿고, 누군가는 부처를 믿고, 또 누군가는 조상을 믿는 거란다. 무속은 사물에 다 신이 있다고 믿는 마음이지. 중요한 건 그 신념이 누굴 해치느냐 아니냐지, 어떤 걸 믿느냐가 아니야."

훈은 고개를 숙였다. 이 논의가 더 이상 진전되지 않기만을 바랐다. 그러나 선생님은 계속 말을 이어 나갔다.
"남의 종교를 함부로 무시하거나 탄압하는 건, 결국 자기 믿음의 힘도 약하게 만드는 거거든. 우린 다 다른 방식으로, 같은 질문을 던지고 있는 셈이란다. 삶은 왜 고되고, 어떻게 살아야 하는가? 이 문제에 해답을 찾는 것이 종교지."

하굣길에 지수가 곁에 다가와 훈에게 조심스럽게 위로의 말을 건넸다.
"훈아, 아까 그 아이 말 너무 신경 쓰지 마. 우석이가 아마 너를 긁으라고 한 모양이야."
"아니야. 그 정도 이야기에 상처 입지는 않아."
지수는 그럼 안심이라는 듯한 표정으로 집으로 갔다.
하루가 길게 늘어진 실처럼 풀려 있었다. 해가 뉘엿뉘엿 넘어가고, 훈은 느릿하게 발걸음을 옮겨 대문을 열었다. 풍경 소리가 가볍게 울렸고, 익숙한 기와지붕 아래 집 안의 따뜻한 기운이 퍼져 있었다. 그 순간, 마당 한복판에서 노을빛에 물든 아빠 문 처사가 눈에 띄었다. 한 손으로 마당을 쓸고 있는 그는 허리를 펴며 맞아주었다.
"왔구나."
문 처사는 손에 힘을 주지 않은 채 툭 내뱉었다. 훈은 작게 고개를 숙이고 신발을 벗었다.
아빠의 뒷모습은 늘 조용했고, 잔잔했지만, 강단 있었다. 속세에 내려온 신선이 있다면 아마 아빠의 모습이 아닐까 싶었다.

 훈은 초등학교에 다닐 때부터 조용한 아이였다. 하지만 어느 날부터 아이들 사이에서 훈의 엄마가 무당이라는 소문이 돌기 시작했다. 소문은 삽시간에 전 학년으로 퍼져나갔고, 아이들은 훈을 피하기 시작했다.
 "훈이 엄마가 밤마다 이상한 주문을 외운대!"
 헛소문이 교실을 가득 메웠다. 일부 아이들은 훈과 같은 반이 되면 저주가 내려진다고 믿었다. 심지어 몇몇 아이들은 울면서 선생님에게 같은 반이 되기 싫다고 했다. 훈은 이유도 모른 채 친구들이 점점 멀어지는 것을 느꼈다. 선생님은 그런 소문은 사실이 아니라고 타일렀지만, 아이들은 듣지 않았다. 훈은 번번이 울면서 집에 돌아가 엄마에게 푸념했다.
 "엄마, 왜 나만 이런 얘기를 들어야 해?"
 그럴 때마다 엄마는 가만히 훈을 안아주며 다독였다.
 "네가 잘못한 건 없잖니?"
 결국 훈은 다른 학교로 전학을 가는 아픔을 겪어야만 했다.

 그날 밤, 잠이 드는 데 오랜 시간이 걸리지 않았다. 몸은 이미 평소보다 더 따뜻했고, 마음은 흐릿한 물 위에 떠 있는 듯 평온했다. 눈꺼풀이 내려온 순간, 어둠이 찾아왔지만 무섭지 않았다.

그 어둠 안엔 어떤 결도 있었다. 묘하게 낯익고도 그리운 어둠이었다.

얼마나 시간이 지났을까. 불현듯 발밑이 흔들렸다. 어느새 훈이 있는 곳은 땅이 아니었다. 구름이었다. 구름 위를 걷고 있었던 거다. 발아래엔 안개처럼 퍼진 무늬들이 움직이고, 어디선가 종소리가 댕, 울렸다. 검은 옷을 입은 노인이 한 명, 훈의 앞에 서 있었다. 얼굴은 안 보였지만 눈빛은 따뜻했다. 노인은 한 손에 검은 부채를 들고 있었고, 다른 손으론 하늘을 가리켰다. 검은 하늘 위엔 커다란 나무 한 그루가 있었다. 그 나무는 뿌리는 하늘로, 가지는 땅으로 뻗고 있었다. 기괴한 형상이었다.

"누구세요?"

"나는 장각이다. 한나라 신선이지. 이 나무는 거꾸로 자란다."

노인의 목소리가 들렸다. 하지만 훈은 알지 못했다. 그가 중국 삼국시대의 흑선, 장각임을.

"무속의 뿌리도 이와 같단다. 보이지 않는 세계에 뿌리를 내리고, 이 세상에 가지를 내밀지."

훈은 숨을 삼켰다.

"그럼, 저는…… 이 나무랑 무슨 관련이 있는 거죠?"

노인은 부채를 탁 접었다.

"네가 나무고 나무가 너란다. 너의 중심이 흔들리지 않으면, 세상이 흔들어도 너는 쓰러지지 않아."

그 말은 구름처럼 가벼웠지만, 마음속엔 바위처럼 내려앉았다. 그 순간, 노인의 뒤에서 무언가 솟아올랐다. 커다란 검은 북이었다. 북 위에는 흰 학 한 마리가 앉아 있었고, 북면엔 훈의 이름이 한자로 새겨져 있었다. 훈(訓), 가르침의 뜻. 그 이름이 빛을 내기 시작했다.

"이 북은 네 것이다. 북을 치는 건 네 사명이자 네 방패다."

"왜 하필…… 북이죠?"

노인은 작게 웃었다.

"북은 신과 인간을 잇는 매개로 천둥 같은 소리가 우주와 공명하는 거란다."

그 말과 함께 북이 천천히 앞으로 굴러왔다. 훈은 두 손으로 북채를 들었다. 묘하게 익숙했다. 손에 쥐자마자 팔이 알아서 움직이는 느낌이었고, 그는 천천히 북을 쳤다.

둥 —

소리는 구름을 울리고, 하늘을 흔들었다. 그 울림은 그를 둘러싼 세계 전체에 퍼져나갔다. 하늘에 매달린 가지가 흔들렸고, 뿌리에서 빛이 솟았다. 그리고 그 빛 속에서 지수의 얼굴이 어렴풋이 떠올랐다. 우석의 그림자도 뒤편에서 어른거렸다.

8. 악당은 어떻게 성장하나?

 그날은 유난히 햇살이 따가웠다. 체육 시간은 운동장 한가운데 설치된 높이뛰기 매트 앞에서 시작됐다. 체육 선생님은 오늘 수업을 '기록 대회' 형식으로 진행하겠다고 선언했다. 남학생들은 환호했고, 여학생들은 대체로 무표정이었다. 언제부터인지 여학생들은 몸 쓰는 운동을 싫어했다.
 "높이뛰기, 멀리뛰기 기록 한번 제대로 내보자! 이번 기록은 생활기록부에도 올릴 거다."
 아이들 사이에 경쟁심이 슬그머니 피어올랐다. 특히 남학생들에게 운동장을 땀과 호흡으로 채우는 것은 어려운 일이 아니었다.
 훈은 조용히 줄 뒤편에 섰다. 특별히 잘한다는 소리를 들어본 적도 없고, 기대한 적도 없었다. 하지만 오늘은 뭔가 달랐다. 강 노인이 수련 시 했던 말이 계속 귓가에 맴돌았다.
 ― 네 기운은 이제 흐름을 만들고 있다. 외부에서 받은 유무형의 폭력은 내부의 힘으로 전환하거라. 아주 강한 에너지가

된다.

그 말이 마치 몸의 중심을 잡아주는 줄기처럼 느껴졌다. 몸 상태는 날아갈 듯 가벼웠다.

선생님의 호각 소리에 맞춰 한 명씩 뛰기 시작했다. 멀리뛰기에서 아이들은 평균 4미터 초반에서 멈췄다. 우석은 4미터 86센티미터를 뛰며 우월감을 과시했다. 주위 일진 패거리들의 박수 소리가 그를 부풀게 했다.

"역시 우리 우석이! 점프력이 다르다니까!"

우석은 코끝을 찡긋하며 훈이 쪽을 힐끗 쳐다봤다. 그 시선은 자기가 최고라는 뜻이었다. 가라테 도장에서 늘 하는 게 그런 도약과 재빠른 몸놀림이었기 때문이다.

그리고 드디어 훈의 순서가 되었다. 허리를 굽히고 준비 자세를 취했다.

"자, 훈이 준비됐니?"

훈은 짧게 고개를 끄덕였다. 그리고 호각이 울리자 달렸다. 바람을 가르며 앞으로 내딛는 발은 구름 위를 걷는 듯 가벼웠고, 착지 직전 마지막 점프는 마치 허공에 던진 스프링이 힘껏 펴지는 것 같았다.

"와!"

지켜보던 아이들의 탄성이 터졌다. 체육 선생님도 적이 놀랐다.

"어!"

서둘러 줄자를 갖다 댔다.

"5미터 92센티미터!"

순간 아이들이 웅성거렸다.

"뭐야, 진짜야?"

"저 몸에서 어떻게 저런 점프가 나오냐?"

"우석이보다 1미터 더 나왔어!"

아이들의 반응이 들끓기 시작했다. 우석의 얼굴이 굳어졌다.

하지만 진짜는 그다음이었다. 턱걸이가 있었기 때문이다.

"자, 다음은 턱걸이해 보자!"

아이들은 줄지어 철봉으로 이동했다. 여기서도 이변이 일어났다. 우석은 12개였다. 중학생들이 평균 6~8개 하는 것에 비하면 대단한 근력이었다. 하지만 훈은 25개를 해버렸다. 더 놀라운 건 배치기라든가 이상한 꼼수를 전혀 안 쓰고 해낸 거였다. 몸을 고정한 채 해내는 턱걸이를 본 아이들은 수군대기 시작했다.

"아니, 훈이 쟤 평소에 말도 없었잖아."

"체형도 말라서 기대도 안 했는데······."

훈은 숨을 고르며 자리로 돌아왔다. 우석은 조용히 이를 갈았다. 그의 손끝이 부들부들 떨리고 있었다. 자존심이 부서진 듯한 눈빛으로 곧 체육 선생님에게 갔다.

"샘, 저 다시 해볼래요."

"그래? 번외로 해봐!"

하지만 안 하느니만 못했다. 우석은 이미 근력을 다 써서 두 번째 시도에서는 7개도 못 하고 말았다. 우석의 얼굴엔 실망과 좌절, 그리고 씁쓸한 질투가 얹혀 있었다.

그날 이후, 소문은 기름을 만난 불꽃처럼 학교 전체에 퍼져나갔다.

"훈이 운동 천재래."

"우석이를 발라버렸어."

"걔 원래 기 수련 같은 거 한다며?"

"진짜? 무당 아들이라서 천지신명의 기를 받은 거야?"

하지만 훈은 말이 없었다. 학교에선 더 조용히 다녔다. 그럴수록 지켜보는 눈빛들은 더 날카로워졌다.

문제는 우석이었다. 단지 운동능력에서 밀려서가 아니었다. 모든 관심이 훈에게 쏠리는 것 같았기 때문이다. 견딜 수 없었다. 지수뿐만 아니라 다른 여학생들이 훈을 먼발치에서 보며 눈에서 하트가 쏟아지는 걸 보면 더더욱 열불이 났다.

"야, 훈이 저 자식. 너무 깝죽거리지 않냐?"

우석은 학교 뒤 으슥한 재활용 쓰레기장 옆으로 자기 멤버들을 소집했다. 이름하여 다크 웨이브.

"그러게. 조용한 자식인 줄 알았는데 요즘 갑자기 튀긴 해."

"여자애들도 엄청나게 좋아해. 인기가 막 올라가."

"이제 어쩔 건데?"

다크 웨이브 멤버들은 벌써 우석이 가만히 있지 않으려고 자신들을 불렀다는 걸 알고 있었다. 우석은 입꼬리를 비틀며 핸드폰을 꺼냈다.

"인터넷엔 다 방법이 있어."

그들은 일제히 핸드폰을 들었다. 그리고 우석의 지시로 뭔가를 열심히 작업하기 시작했다.

며칠 뒤, 훈의 집엔 주민 센터 공무원이 방문했다.

"여기 혹시…… 굿 같은 의식을 자주 하십니까?"

엄마는 놀란 눈으로 그를 바라봤다.

"갑자기 왜 그러세요?"

"요즘 민원이 많이 들어와서요. 주변 교육 환경에 부정적 영향을 준다는 얘기들이 있어서……"

"여기서 본격적인 굿은 안 해요. 간단한 치성은 드려도요. 굿은 굿당 가서 합니다."

공무원들은 비망사 여기저기를 뒤져보고는 으름장을 놓았다.

"민원이 많이 들어왔어요. 소음이 외부로 나가면 안 됩니다."

"네. 주의하겠습니다."

아빠가 서둘러 수습했다.

그날 저녁 식탁은 조용했다. 아빠는 묵묵히 국을 뜨고 있었고, 엄마는 식사도 하지 않았다.

'이건 누가 한 짓인지 너무 뻔하잖아. 우석이 말고는 이런 짓을 할 사람이 없어.'

훈은 숟가락을 놓고 말했다.

"우리 학교 다니는 놈이 내가 미워서 그러는 것 같아요."

훈은 그간 학교에서 있었던 일을 말했다. 부모님은 또 그런 일이 벌어졌나, 싶은 표정이었다.

"이유 없이 나를 괴롭혀요."

아빠도 고개를 끄덕였다.

"그래, 나도 짐작은 했다. 전에 너 맞은 자국 보고……. 네가 굳이 말 안 해서 나도 가만히 있었다만."

엄마는 화난 얼굴로 고개를 들었다.

"너를 그렇게 괴롭히고도 모자라 이번엔 우리 집 전체를 노린다고?"

잠시 정적이 흘렀다.

"알았다. 대자대비 부처님의 가르침을 실천해라."

아빠 문 처사의 말이 결론이었다.

방으로 온 훈은 말없이 손바닥을 펼쳤다. 손바닥 안엔 푸른 기운이 살짝 떠올랐다. 어둠은 짙어가고 있었지만, 그 어둠을 꿰뚫을 힘으로 천천히 빛을 모으고 있었다.

훈은 다시 말로 해결해 보려고 했다. 강 노인의 수련도, 아빠의 조언도, 엄마의 염려도…… 모두 마음속에 새겨두고 있었다. 폭력으로 맞서기엔 아직 그럴 준비가 되지 않았다는 생각.

폭력은 또 다른 폭력을 낳는다. 그건 이미 알고 있었다. 하지만 자신의 문제가 집안의 생계까지 위협해선 곤란했다. 어떻게든 좋게 해결하고 싶었다.

9. 금단의 위력

 그날 밤, 훈은 혼자 우석의 패거리들이 자주 모이는 폐건물 뒤편으로 갔다. 바람은 거칠고, 그늘진 담장은 음습했다. 허물어진 콘크리트 조각들이 산처럼 쌓인 곳. 아이들은 그 안에서 담배를 피우거나 핸드폰을 들여다보며 웅성거리고 있었다. 훈이 나타나자, 순간 정적이 흘렀다. 우석이 고개를 들었다.
 "뭐야, 네가 여길 왜 와?"
 "할 말이 있어서."
 훈의 목소리는 낮았지만 단단했다. 그 안엔 분노가 없었다. 분명하게 들리지만 부드러웠다.
 "내가 뭘 그렇게 잘못했는지 말해줘. 진심으로 알고 싶어서 왔어."
 우석은 어이없다는 듯 헛웃음을 흘렸다.
 "하…… 이걸 진짜로 말해줘야 하냐?"
 "응."
 "그냥…… 싫다고. 지수 옆에 네가 있다는 게 웃기잖아. 무당 새끼가 무슨……."

아이들 사이에서 킥킥대는 웃음소리가 퍼졌다. 누군가는 아예 담벼락에 기대어 손뼉을 쳤다.

"그럼…… 그 이유로 나를 이런 식으로 왕따를 시키는 거야?"

"왕따? 너 그 말 참 쉽게 한다."

우석은 주머니에 손을 넣고 한 발 앞으로 나섰다.

"넌 내 눈에 띄지 말았어야 해. 우리 세계에 너 같은 애는 어울리지 않아."

훈은 눈을 피하지 않았다.

"그게 이유야? 내가 네 세계랑 다르다고?"

우석은 더 이상 대답하지 않았다. 대신 무리 중 하나에게 고개를 끄덕였다. 그 아이는 잡동사니들을 옆으로 치우고 공간을 만들었다.

"자, 내 가랑이 밑으로 한 번 지나가 봐. 그럼 끝내 줄게. 안 건드릴게."

우석의 말에 아이들이 낄낄댔다.

"야, 나 그거 만화책에서 봤어. 중국에서 누가 가랑이 밑으로 지나가던데."

"킥킥, 볼만하네."

훈은 멈칫했다. 숨이 막히는 듯한 수치심이 올라왔다. 무릎이 떨렸다. 어릴 때 당했던 모든 조롱과 편견, 놀림이 한꺼번에 되살아나는 기분이었다. 하지만 그렇다고 이 사태를 거부하면 애초에 여기 온 문제가 해결되지 않는다. 단전에 힘을 모으자, 정신이 차분해졌다. 유체 이탈이 되면서 이 장면을 허공에 떠서 내려다보는 상상을 했다. 여기서 문제를 일으키면 어떤 일이 벌어질지 예측이 되었다. 단순한 건 아름다운 거였다. 순간은 지나가기 마련이다. 훈은 그대로 무릎을 꿇었다. 그 선택이 어떤 수치를 동반하는지 알면서도.

"진심으로 끝내는 거지?"

"그럼, 끝이지."

우석은 입꼬리를 올리며 손짓했다. 훈은 바닥을 짚고 앞으로 기었다. 아이들의 발아래를 지나가며 돌부리에 손이 긁히고, 흙먼지가 코안으로 들어왔다. 그러자 일진 다크 웨이브 멤버들이 굴다리처럼 우석의 뒤로 연이어 줄을 섰다. 가랑이 터널을 지나가는 꼴이 되고 말았다. 한 명, 두 명…… 아이들의 가랑이 밑을 지나며 훈은 자신을 억눌렀다. 울컥 솟는 분노와 부끄러움을 흩어버리려 애썼다. 마지막 아이 앞에 도달했을 때, 뭔가 머리 위로 뜨뜻한 액체가 흘러내렸다.

"어!"

고개를 들어 위를 보니 제일 뒤에 선 녀석이 바지를 내리고 밑을 지나가는 훈의 머리 위로 오줌을 갈기고 있었다.

"이 자식이!"

순간 훈의 인내심 끈이 끊어졌다. 몸을 일으키는 순간, 곁에 있던 패거리가 등을 밟았다.

"이 자식! 덤비네."

"여기가 어딘 줄 알고!"

순식간에 균형을 잃은 훈은 얼굴부터 바닥에 부딪혔다.

"지금이야!"

신호와 함께 아이들이 몰려들었다. 주먹이 날아들고, 발길질이 이어졌다. 허리, 어깨, 등, 옆구리…… 무자비하게 쏟아졌다.

"이게 네가 원하던 끝이야!"

누군가 외쳤고, 누군가는 욕을 섞어가며 웃었다. 훈은 팔로 머리를 감싸며 웅크렸지만, 이미 늦었다. 눈앞이 핑핑 돌았다. 입안에서 피가 퍼졌다.

그때였다.

"거기 뭐 하는 놈들인가!"

묵직한 음성이 공간을 가르며 떨어졌다.

아이들은 동시에 고개를 들었다. 저 멀리 고철 덩어리를 실은 낡은 트럭이 먼지를 일으키며 다가오고 있었다. 그리고 운전석에서 내린 사람은 고철 냄새보다 더 묵직한 기운을 풍겼다. 강 노인이었다. 허름한 군복 점퍼, 기름 묻은 작업 바지, 목에 두른 수건. 노인은 천천히 다가왔다. 아이들은 긴장을 풀었다.

"에이, 뭐야. 양아치 고물상 노인?"

하지만 노인의 걸음엔 이상한 기운이 있었다. 한 걸음 내디딜 때마다 땅이 울리는 것 같았다.

그의 눈빛은 흔들림이 없었다.

"그만들 하거라."

우석이 비웃듯 웃었다.

"할아버지, 지금 뭐 하시는 거예요? 이건 그냥 애들끼리 장난이에요."

"장난?"

노인의 목소리가 낮게 울렸다.

"피가 나는데 장난이라고?"

패거리 중 하나가 노인에게 다가왔다. 하지만 손끝이 닿기도 전에 노인의 눈빛이 번쩍였다. 마치 오랜 세월을 뚫고 나온 야생 늑대 같은 아우라였다. 순간, 밀려드는 알 수 없는 두려움에 아이들의 입이 저절로 다물어졌다.

"야! 무, 무서워!"

앞섰던 녀석들이 알 수 없는 힘에 뒷걸음질 쳤다. 곁에 있는 녀석들도 움찔했다.

"당장 사라져라!"

우석은 눈을 피했다. 아무 말도 못 한 채 뒤로 한 발 물러났다.

"야, 가자."

결국 다크 웨이브는 조용히 물러났다. 알 수 없는 힘에 절대 가까이 다가설 수 없었던 거다. 그 자리엔 피범벅이 된 훈과 그를 조용히 바라보는 강 노인만이 남았다.

"일어날 수 있겠냐?"

"네."

말은 그렇게 했지만, 훈은 온몸이 결려 도저히 힘을 쓸 수가 없었다. 강 노인은 그를 조심스레 안았다. 그리고 왜소한 노인의 근력이라고는 할 수 없을 만큼 가볍게 조수석에 태웠다. 마치 누가 버린 마네킹을 들어 나르는 것만 같았다. 서둘러 차를 몰아 고물상에 도착하자 강 노인은 낡은 캐비닛을 열었다. 그 안엔 검은 천으로 감싼 작고 둥근 단지가 있었다. 그는 말없이 단지를 열고, 걸쭉한 약을 티스푼으로 떠서 훈의 입에 넣었다.

"스승님이 주신 금단(신선이 만든다고 하는 장생불사의 영약)이다. 내 생애 마지막 한 점이지."

묵은 냄새 나는 약이 목을 타고 넘어가자, 훈의 몸이 살짝 떨렸다. 눈꺼풀이 파르르 떨렸고, 한기가 몸을 스치고 지나갔다. 그리고 이내 따뜻한 기운이 몸속 깊은 곳에서부터 올라오기 시작했다. 그것은 마치 화산 속 용암처럼 느리지만 뜨겁고, 단단했다. 숨소리가 바뀌었다. 호흡이 정리되기 시작했다. 노인은 조용히 훈이 곁에 앉아 지켜보았다.

시간이 얼마나 흘렀을까. 훈의 눈꺼풀이 천천히 들렸다. 눈빛은 분명 달라져 있었다. 혼탁했던 눈동자에 맑은 빛이 스며

들고 있었다.

"스승님······."

"일어날 수 있겠느냐?"

"네."

훈은 몸을 일으켰다. 고통은 여전히 남아 있었지만, 몸 안의 기운이 그것을 감싸고 있었다.

강 노인은 고개를 끄덕였다.

"그건 내 모든 수련의 결정체다. 지금은 고인이 되신 현진 도인이 남겨준 아주 조금 남은 분량이다. 단번에 회복시키는 힘도 있지만, 너의 내면을 다잡게 만들지."

훈은 눈을 감고 호흡을 가다듬었다. 기운이 배꼽 아래에서 회오리치듯 맴돌았다. 이건 단순한 체력의 회복이 아니었다. 정신과 의지, 혼의 재구성이었다. 한마디로 신비 그 자체였다.

"감사합니다."

"아니다. 이건 너의 선택이다. 가랑이 밑을 지난 것도, 말로 해결하려 했던 것도, 모두 너의 의지였다."

그는 다 지켜보고 있었다. 훈은 천천히 고개를 숙였다. 창밖에서 고철 트럭 그림자가 흔들렸다. 밤이 깊어졌지만, 훈의 내면에는 점점 더 선명한 아침이 다가오고 있었다. 어느새 온몸의 멍이 사라지고 찢기거나 긁힌 상처가 아물고 있었다.

10. 금단을 만들라

며칠 뒤, 밤늦게 지수에게서 문자가 왔다.

훈아, 나 어떡해.
아이들이 나를 너무 괴롭혀.
내가 몸이 약한 게 너랑 가까이 지내서래.
나도 곧 무당이 될 거래. ㅠㅠ

순간 훈은 머리끝까지 열이 치솟는 것을 느꼈다. 이 모든 사태의 뒤엔 우석이 있었기 때문이다. 이제 지수까지 건드리는 거였다.

집에 돌아온 훈은 밤이 깊어질수록 마음속에서 우석에 대한 분노가 점점 더 짙어지는 걸 느꼈다. 그날 골목에서 당한 모욕과 폭력, 그리고 지수를 향한 우석의 집착 어린 시선이 뇌리를 떠나지 않았다. 가랑이 밑을 기기까지 했지만 소용없었다. 아니, 애초에 약속이나 대화가 되는 아이들이 아니었을

지도 모른다. 침대에 누워 천장을 바라보며 더 이상 참을 수 없음을 깨달았다. 복수, 그 단어가 훈의 마음 한가운데서 서서히 자라고 있었다.

다음 날, 훈은 고물상 약탕기 앞에 앉아 숯불을 조심스레 다루고 있었다. 화로의 열기가 얼굴을 달구었지만, 그의 시선은 멍하니 허공에 머물러 있었다. 강 노인은 평소와 다름없이 고물 더미를 정리하다가 훈의 표정이 심상치 않음을 눈치챘다.
"무슨 일 있냐?"
강 노인의 낮은 목소리에 훈은 잠시 머뭇거리다 고개를 들었다.
"스승님, 더는 못 참겠어요. 저나 제 가족, 친구들이 이렇게 계속 당할 수는 없잖아요.
훈의 손이 약탕기 손잡이를 꽉 쥐었다.
"저도 강해지고 싶어요. 누구도 건드릴 수 없게."
잠시 침묵이 흘렀다.
"네가 진짜로 원하는 게 복수냐, 아니면 너 자신을 지키는 힘이냐?"
훈은 대답하지 못했다.
"힘을 갖는 건 쉽지 않다. 힘을 잘못 쓰면, 그 힘이 널 삼킬 수도 있지. 그건 복수도 마찬가지다."
훈은 고개를 푹 숙였다.

"그래도…… 전 이제 도망치고 싶지 않아요."

강 노인은 입꼬리를 올리며 말했다.

"차라리 더 멋진 일에 집중하는 건 어때? 이제 다 써버린 금단을 다시 만들어보자. 네가 그걸 만드는 걸 도와주면, 누구도 이길 수 없는 선가의 수련을 전수해 주마."

강 노인의 눈빛엔 묘한 빛이 감돌았다.

훈은 잠시 말을 잃었다.

"정말 그걸 만들면 저를 강하게 만들어줄 수 있어요?"

"물론이지. 하지만 조건이 있다. 금단을 만드는 데 필요한 재료를 구하고, 약을 달이고, 모든 과정을 네 손으로 해야 한다. 금단은 만든 사람의 내공에 반응하지. 그게 네 수련의 시작이다."

훈은 망설였지만, 곧 결심한 듯 고개를 끄덕였다.

"알겠어요. 뭐든 할게요. 저…… 정말 강해지고 싶어요."

강 노인은 훈의 어깨에 손을 얹었다.

"좋다. 그럼, 오늘부터 본 단계를 시작하자. 내가 준비한 재료들이 있으니 그걸로 혼합 조제를 하면 된다."

"그럼, 왜 스승님이 먼저 하지 않으셨어요?"

"말하기 괴롭지만, 나의 정기가 쇠약해서다. 금단은 아무나 제조하는 게 아니야. 젊은 영기가 있어야 해. 너 말고는 이 일을 할 사람이 없다."

"아!"

훈은 왜 자신이 그렇게 혹독하게 수련했는지 이해할 수 있었다.

"그간 어느 정도 전처리했지. 저기 숙성 중인 항아리 속의 약이 그거다. 아직 수집하지 못한 한두 개가 어려울 뿐이야. 그리고 거기에 네 마음이 담긴 정성이 없으면 아무리 좋은 약도 소용없다."

훈은 결연한 표정으로 고개를 끄덕였다.

"네. 어떻게든 해낼게요."

강 노인은 미소를 머금고 말했다.

"선가의 수련법을 익혀도 금단을 완성해야 신선의 경지에 올라간다. 내가 선가의 진짜 수련법을 전수해 주마. 그 힘을 얻고 나면, 네가 원하는 대로 누구에게도 지지 않을 거다."

"명심하겠습니다."

다음 날 오후, 고물을 수집하고 돌아온 강 노인이 말했다.

"이제 네가 그간 달인 숙성된 약들을 한번 열어 보아라."

훈은 100개의 작은 단지를 열었다. 수분은 다 증발하고 항아리 아래는 진한 농축액이 응고해 있었다.

"직접 만든 약을 항아리에 담아라."

훈은 조심스럽게 약을 나무 숟가락으로 긁어 항아리에 담았다.

"이 발효액은 네가 100번이나 달인 기초 약이다. 이 기초 약과 네가 오늘 달인 약을 섞는 게 다음 단계다."

 그는 땀을 뻘뻘 흘리며 첫 번째 단지에서 긁은 농축된 약을 질그릇에 담았다. 그리고 방금 달인 탕약을 섞었다. 형언할 수 없는 향기가 솟아 나왔다. 훈은 가슴이 설렜다. 드디어 금단을 만든 것이다.

 "이제 완성인가요?"

 "아니다. 마지막 완성을 위한 재료를 넣어야 한다. 이 그릇에 그 약을 넣어 보아라."

 강 노인은 은 사발을 내놓았다. 빛나는 사발에 훈이 조심스럽게 약을 부었다. 순간 사발이 흑색으로 변하는 게 아닌가. 은 사발의 색이 변한다는 건 독약이라는 뜻이었다.

 "스승님. 이건……."

 "맞다. 독약이라는 뜻이다."

 훈은 두려웠다. 이 독약을 먹으면 어떻게 될지 모르는 일이었다.

 "이 가루를 넣어 보아라. 제대로 된다면 독을 중화하고 약 성분이 우러나야 한다."

 강 노인은 검은 모래 같은 물건을 건넸다.

 "이게 무엇입니까?"

 "쇳가루다."

 한지에 감싼 검붉은 쇳가루를 은 사발에 담긴 약에 부었다. 그 순간이었다. 사발이 더 검게 변하면서 연기가 피어났다.

"아아!"

이걸 본 강 노인은 크게 실망한 얼굴이었다.

"스승님, 왜 저렇습니까?"

"쇳가루가 뭔가 잘못되었구나. 버려라!"

강 노인은 엄숙하게 말했다. 훈은 아까운 약 한 사발을 퇴비 더미에 쏟아버렸다. 강 노인은 소중히 한지로 감쌌던 쇳가루도 미련 없이 버렸다.

"지금 당장 다시 해 볼게요."

"금단은 하루에 한 번만 달일 수 있다. 급하게 되는 게 아니다. 일시에 맞게 달여야 한다."

훈은 창밖으로 어둠이 내린 골목을 바라보았다. 마음 한구석에 남아있던 두려움이 서서히 사라지고, 대신 단단한 결심이 자리 잡았다.

그렇게 훈과 강 노인의 목표는 일치되었다. 복수라는 어두운 열망은, 이제 힘을 얻고 자신을 단련하는 새로운 여정으로 바뀌고 있었다. 훈은 자기도 모르게 미소 지었다.

이제, 진짜 이야기가 시작되고 있었다.

3장

11. 수련

 다시 시도하는 금단의 제조 과정은 중단되었다. 훈의 내공을 강화하는 것이 더 큰 급선무라는 걸 깨달았기 때문이다. 강 노인은 더욱 강한 강도로 훈을 조련했다.
 "스승님, 오늘은 뭘 수련하나요? 무공이나 근력 훈련 같은 거요."
 노인은 훈을 한 번 쳐다보더니 고개를 저었다.
 "무공? 힘? 그런 건 이제 필요 없다."
 "하지만…… 저를 괴롭히는……."
 훈의 목소리엔 조급함이 묻어났다.
 강 노인은 입꼬리를 올리며 천천히 말했다.
 "진짜 힘은 몸에서 나오지 않는다. 마음과 기에서 나온다. 오늘부터 네 수련은 달라질 거다."
 그는 고물상 한쪽, 오래된 시멘트 바닥을 빗자루로 쓸기 시작했다. 먼지를 쓸어내자 둥근 원과 별, 삼각형 등의 도형이 복합된, 먹으로 그린 그림이 나타났다.

"여기 앉아라."

훈은 어리둥절한 표정으로 바닥에 앉았다.

"이건…… 무슨 문양이에요?"

"이건 선가의 비밀, 비막술의 진법이다. 이 도형의 중심에 앉아라."

훈은 조심스럽게 도형의 중앙에 다리를 꼬고 앉았다.

"비막술이요?"

"너를 보호하는 기운을 다루는 술법이다. 이제 눈을 감고, 내 호흡을 따라 해라. 천천히, 깊게. 숨을 들이마시고, 내쉬고."

훈은 강 노인의 낮고 느린 호흡에 맞춰 숨을 들이마셨다.

"이게…… 정말 도움이 되나요?"

"호흡은 모든 힘의 근원이다. 숨을 다스릴 수 있으면, 마음도 다스릴 수 있다. 그리고 마음을 다스릴 수 있으면, 세상의 어떤 폭력도 널 해치지 못한다."

처음엔 어색했지만, 점차 호흡에 집중했다. 바닥에 그려진 도형 위, 중앙에 앉아 눈을 감으니 세상의 소음이 멀어지고, 오직 심장 소리와 숨소리만이 들렸다. 강 노인은 조용히 지켜보았다.

"이 도형은 외부의 기운을 막아내는 방패다. 비막술은 선가에서 전해 내려오는 비밀의 술법이다. 제대로 익히면 네 몸은 화살도, 칼도, 창도 막아낼 수 있다."

훈은 눈을 뜨고 강 노인을 바라봤다.

강 노인은 작은 단지에서 은색 환약을 꺼내 훈의 손에 쥐여 주었다.

"이건 은단이다. 선가에서 만든 약이지. 내가 완벽히 재현했다. 먹으면 기운이 조금 더 강해진다. 하지만 이걸로는 부족하다."

훈은 은단을 삼켰다. 입안에 달곰쌉쌀한 맛이 맴돌았다.

"진짜 힘을 얻으려면 금단이 필요하다. 금단은 선가의 최고 비약이다. 그걸 먹으면, 네 기운이 폭발적으로 커지게 되고 비막술의 진짜 힘을 쓸 수 있게 된다. 그래서 지금 그것을 만들려고 하는 것이다."

훈은 다시 도형의 중앙에 앉았다. 눈을 감고, 숨을 들이쉬고, 내쉬었다. 시간이 흐르자, 몸이 점점 가벼워지는 느낌이 들었다. 바닥의 도형에서 희미한 기운이 피어올랐다. 몸을 감싸는 듯 따뜻한 기운이 번져갔다.

"스승님, 저…… 정말 강해질 수 있을까요?"

"강해진다는 건, 남을 이기는 게 아니다. 너 자신을 이기는 거다. 그걸 잊지 마라."

훈은 고개를 끄덕였다. 호흡은 점점 깊어졌고, 명상은 더 오래 이어졌다. 시간이 흐르자, 바닥의 도형이 마치 살아 움직이는 것처럼 느껴졌다. 몸은 점점 따뜻해졌고, 마음은 고요해졌다. 강 노인은 조용히 지켜보고 있었다.

"비막술은 기술이 아니다. 경지다. 단단한 마음과 맑은 기운이 어우러져야 완성된다. 너는 이제 껍데기를 깼을 뿐, 속살은 아직 미약하다."

그는 곁에서 같이 호흡했다.

"느려도 안전한 길을 택할 수 있고, 빠르지만 위험한 길을 걸을 수도 있다. 중요한 건 그 길을 택한 네 마음이다."

훈은 다시 수련장으로 나갔다. 금단도 결국은 도구일 뿐이었다. 진짜 힘은 내면에서 길러야 했다. 그날 밤, 별들이 유난히 밝았다. 훈은 별을 올려다보며 중얼거렸다.

"시간이 걸려도…… 제대로 가겠어."

그리고 그는 다음 날도, 그다음 날도 어김없이 수련에 임했다. 훈의 내부에서 올라오는 기운은 천천히, 그러나 분명히 자라나고 있었다. 천천히 눈을 떴다. 기척 없는 공기가 살에 닿았고, 입안은 바싹 말라 있었다. 숨을 쉬는 것조차 낯설었다. 고통은 사라졌지만, 무언가가 텅 비어 있는 느낌이었다. 그의 시야에 가장 먼저 들어온 것은 흐릿한 천장과 희미하게 떨리는 촛불의 불빛이었다.

12. 암쇠를 찾아서

 지리산의 깊은 숲은 초여름의 향기를 머금고 있었다. 훈은 강 노인과 함께 발길을 옮겼다.
 이른 새벽의 숲은 신비로운 정적에 잠겨 있었다. 풀잎에 맺힌 이슬은 작은 보석처럼 반짝였다. 산길은 좁고 울퉁불퉁했지만, 훈의 발걸음은 한결 가벼웠다. 강 노인은 앞서가며 산의 숨결을 느끼고 있었다.
 산을 오르는 길은 가팔랐다. 훈의 이마에는 땀이 맺혔다. 그러나 그 땀방울은 오히려 그의 눈빛을 더 반짝이게 했다. 무너진 기와집이 가까워질수록, 공기가 묘하게 달라졌다. 숲속의 모든 소리가 그 기와집으로 스며드는 듯했다. 기와집은 반쯤 무너진 상태였다. 낡은 그릇들과 기왓장이 어지럽게 흩어져 있었다.
 "이 집은 200년 가까이 된 집이다."
 강 노인의 목소리는 아득한 전설을 꺼내는 듯 낮았다. 훈은 허물어진 담벼락을 살폈다. 그 사이로 초록 이끼가 자라고 있었다. 바람은 담쟁이덩굴을 흔들며 부드럽게 불었다.

훈은 말없이 퇴락한 기와집을 바라보았다. 오래된 담장의 틈 사이로 바람이 불어와 낮은 음성으로 중얼거렸다.

"여기엔 아직 남아있는 기운이 있는 것 같아요."

훈이 조심스럽게 말했다. 강 노인은 미소를 지었다.

"맞아. 그 기운을 찾으러 왔지."

두 사람은 폐허가 된 기와집 안으로 들어섰다. 벽돌 더미와 부서진 기왓조각이 어지럽게 널려 있었다. 훈은 신중히 발을 디뎠다. 피어오른 먼지가 코끝을 간질였다.

"조선시대 이곳에 대장장이의 작업장이 있었단다."

강 노인이 벽돌을 스치며 말을 이었다.

"쇠를 달구고 두드리던 그 숨결이 아직 남아 있지."

훈은 작은 호기심이 피어오르는 걸 느꼈다.

"그럼…… 우리가 찾으려는 것도 그 숨결과 같은 건가요?"

"그래, 우리가 찾으려는 것은 단순한 쇠붙이가 아니야. 이곳의 기억과 사람들의 손끝에 남은 이야기들이지."

그 말에 훈은 가슴이 두근거렸다. 쓰레기 더미를 헤집으며, 두 사람은 오래된 물건들을 하나하나 살폈다. 녹슨 솥단지, 부서진 항아리, 다 부서진 고가구들까지. 그러나 강 노인의 눈은 어떤 순간에도 빛을 잃지 않았다. 훈이 작은 철조각을 집어 들며 물었다.

"이건 뭐죠?"

"그건 옛날에 문고리였을 것이다. 하지만 우리가 찾는 것은 쟁기의 머리다. 대개 농부들은 대를 이어 농기구를 사용하지."

말을 마친 강 노인은 작은 웃음을 지었다. 훈은 다시 몸을 굽혔다. 숨을 고르고 천천히 쓰레기를 뒤졌다. 강 노인은 허리를 펴고 기와집의 서까래를 바라보았다. 그러던 중, 잡동사니를 뒤지던 훈의 손끝이 딱딱한 무언가에 닿았다.

"스승님, 여기…… 뭔가 있어요!"

강 노인이 다가왔다. 훈은 조심스럽게 먼지를 털어냈다. 드러난 것은 녹슨 쟁기 하나였다. 그것은 비록 부서지고 빛을 잃었지만, 묵직한 존재감을 뿜어내고 있었다.

강 노인은 천천히 고개를 끄덕였다.

"맞다. 그건 암쇠로 만든 물건이다."

강 노인의 목소리는 경외로 떨렸다. 훈은 쟁기를 손에 쥐었다. 차갑고 묵직한 그 감촉은 산의 바위와도 같았다.

"수없이 논밭을 일구고, 땅을 갈아엎고, 사람들의 삶을 지탱했을 것이다. 그리고 그 속에는 철을 만든 이의 땀과 혼이 깃들어 있지."

바람은 기와집의 구멍 난 창문을 스쳤고, 바람 소리는 마치 오래된 노래처럼 들렸다. 훈이 쟁기를 쓰다듬으며 감격스럽게 말했다.

"이제 금단 만들 수 있나요?"

"허허, 금단 만드는 일은 절대 쉽지 않지."

강 노인의 목소리는 불꽃처럼 낮고 따뜻했다. 훈은 고개를 끄덕였다. 소나무 밑 공터에 자리를 잡은 두 사람은 쇳가루를 만들기 위한 준비를 시작했다.

"이 쟁기를 곱게 갈아야 해. 쇠의 숨결을 되찾으려면."

강 노인의 말에 훈은 작은 쇠 솔을 잡았다. 커다란 무명천 위에 붉게 녹슨 쟁기를 놓고 솔질을 시작했다. 핏빛 같은 녹가루가 흰 무명천에 흩뿌려졌다. 쇳가루를 만드는 작업은 단조롭고도 묵직했다. 녹이 다 벗겨지고 나자 검은 쇠가 드러났다. 강 노인은 그라인더를 꺼내 본격적으로 조선시대의 쟁기를 갈아내기 시작했다. 얼굴에는 땀이 송골송골했다. 한 시간 가까이 그라인더로 갈아내자 한 주먹 분량의 쇳가루가 흰 무명천에 쌓였다.

"이제 된 것 같다. 쇠는 살아 있지. 자연의 기운을 먹고 자라는 존재다. 적게 잡아도 200년은 된 암쇠 가루가 생겼구나."

손바닥에 가루를 올려놓자, 미세한 철 냄새가 코끝을 간질였다. 강 노인이 자리에서 일어섰다. 밤하늘엔 어느새 황혼이 깃들고 있었다.

"금단이 이렇게 만들기 힘든 거 이제 알았어요."

목소리는 떨렸지만, 확신으로 빛났다.

"이제 돌아가자."

강 노인이 말했다. 두 사람은 암쇠 가루를 소중히 품에 안고

산에서 내려왔다.

 쇳가루를 가지고 온 뒤 금단은 우여곡절 끝에 성공했다. 분량을 못 맞춰서 수많은 실패를 했다. 하지만 서서히 적정량을 찾아냈고 마침내 은 사발의 색이 변하지 않게 되면서 비로소 적은 분량의 금단이 만들어졌다. 작은 알갱이처럼 누런빛을 머금은 금단은 훈의 손안에서 은은히 금빛을 발했다. 그것을 입에 가져갈 때, 차가운 감촉이 입술을 스치며 알싸한 향이 퍼졌다. 한 모금 삼키자, 몸속에서 무언가가 뒤집히듯 뜨거운 기운이 스멀스멀 퍼져 나갔다.

 아주 적은 분량을 먹었는데도 현실과 꿈의 경계가 희미해지고 눈앞에는 끝없이 펼쳐진 들판이 나타났다. 바람이 스치는 소리와 은빛 안개가 엉킨 그곳은 도솔천이었다. 하늘은 푸르렀고, 신선들이 빛나는 옷을 입고 그를 기다리고 있었다.
 "왔구나."
 누군가 속삭였다. 따스한 목소리가 바람처럼 훈의 귀를 스쳤다. 주위를 둘러보았다. 신선들은 부드럽게 미소 지으며 손짓으로 그를 불렀다. 발걸음이 가벼워졌다. 땅이 그의 발을 밀어주는 듯했고, 몸은 허공을 스치는 듯했다. 중앙에는 수정처럼 맑은 물이 고인 호수가 있었고, 물은 파란빛으로 반짝이며 노래했다. 한 신선이 그의 손을 잡아끌었다.

"이제부터 진정한 수련이 시작된다."

훈의 영혼은 가볍게 떠올랐고, 눈을 감자 어린 시절의 웃음소리와 아득한 슬픔이 스쳐 갔다. 기억들은 한순간에 그를 휩쓸었고, 눈물이 흘렀다. 하지만 곧 그마저도 바람처럼 사라졌다.

'내가 변하고 있구나.'

신선들은 그를 둘러싸고 천천히 돌기 시작했다. 그들의 몸에서 흰빛이 뿜어져 나왔다. 빛은 얇은 실처럼 그를 감싸며, 몸이 무거워졌다가 다시 새털처럼 가벼워졌다. 바람이 그의 몸을 부드럽게 어루만졌다.

"이제 너의 체질은 변하고 있다."

훈은 떨리는 목소리로 물었다.

"정말 이게 꿈이 아닙니까?"

"꿈이자 현실이다."

"내 몸은 고물상에 있는데……."

"영혼은 자유다. 네 마음속엔 무한한 우주가 있다."

훈은 마음을 내려놓았다.

"후유!"

긴 숨을 내쉬며 눈을 떴다. 몸 주위엔 보이지 않는 빛의 보호막이 깃들어 있었다. 손끝을 스치는 공기가 달라져 있었다. 모기나 파리가 다가오지 못했고, 때로는 빗방울조차 그를 비껴갔다.

"이것이…… 보호막인가?"

그 순간 모든 것이 납득이 갔다. 자연과 하나가 되니, 보호막이 자신의 안에 스며드는 걸 알 수 있었다. 신선들은 그를 둘러싸며 조용히 미소 지었다. 빛의 장막은 흔들림 없이 그를 감쌌고, 모든 것이 고요해졌다. 새로운 발걸음이 시작되었다.

금단의 약효는 이제 그의 세포 하나하나에도 깊숙이 새겨졌다. 두려움은 사라졌고, 오직 앞으로의 길만이 남았다. 빛의 보호막은 그의 몸을 따라 움직였고, 훈은 다시 몸과 영혼을 하나로 느꼈다.

환각은 사라지고 진실만이 남았다. 훈은 자신을 믿으며 한 발 앞으로 내디뎠다. 그리고 또 한 발, 새로운 세계로 향하는 길이었다. 바람은 그를 살며시 감싸주었다. 그는 흔들림 없는 마음으로 고개를 들었다. 그리고 마음 깊이 중얼거렸다.

"이제부터 진짜 수련이 시작되는 거야."

그의 눈빛은 단단했고, 발걸음은 흔들림이 없었다. 무엇도 가까이 다가오지 못했다. 비가 오려는 순간조차, 빗방울이 그의 머리 위를 스쳐 지나갔다. 훈은 눈을 감고 깊이 숨을 들이마셨다. 모든 것은 이제 시작이었다. 그렇게 또 하나의 문이 열리고 있었다.

그때였다. 강 노인이 멀리서 외치는 소리가 들렸다.

"훈아! 어서 돌아와라! 어서 깨어나! "

훈이 눈을 번쩍 떴다. 눈앞에는 얼굴이 파랗게 질린 강 노인이 핸드폰을 들고 선 채 외쳤다.
"네 아버지 문 처사 차가 싱크 홀에 빠졌다. 지금 생명이 위독해!"

13. 아빠의 죽음

 아빠는 일주일 만에 세상을 떠났다. 중환자실의 무겁고 낯선 공기 속에서 모든 기도는 닿지 않았다. 죽음은 예고 없이 찾아왔고, 아무도 그 끝을 바꿀 수 없었다. 장례식장에는 하얀 국화꽃 향이 가득했다. 지수는 장례식장 한구석에 조용히 앉아 있었다.

 지수의 눈가에는 슬픔이 번지고 있었지만, 묵묵히 훈을 바라보았다. 훈은 아무 말도 하지 않았다. 그는 지수의 존재가 고마웠다. 사흘 내내 자리를 지켜주는 친구, 그것만으로도 버틸 수 있을 것 같았다.

 "훈아, 괜찮아?"

 지수가 작은 목소리로 물었다.

 "괜찮지 않아. 왜 나에게만 이래?"

 훈이 목소리를 삼키듯 말했다. 찾아온 조문객들은 검은 옷을 입고, 서로에게 애도의 뜻을 표했다. 하지만 그 말들은 공허하게 느껴졌다. 엄마 금 보살은 담담하게 장례 절차를 이끌었다. 표정은 말할 수 없이 평화로웠다.
"그이 극락 갔어."
사람들이 슬픈 표정으로 조문하면 엄마는 조용히 그 말만 되풀이했다. 아빠를 화장할 때, 불길이 모든 것을 삼켰다. 검은 연기와 함께 훈의 눈물도 증발해 버릴 것만 같았다. 훈은 아버지를 잃은 슬픔을 껴안고 있었다. 마음 깊은 곳에서 우르르 몰아치는 그리움이 사라지지 않았다. 지수는 훈이 곁에서 조용히 손을 잡아주었다. 그 손길이 유일한 위로였다.

아빠의 유해를 절의 봉안당에 모시고 돌아오는 길, 엄마는 아무렇지 않게 앞을 보며 걸었다. 이상하게 느껴졌다.
"엄마, 왜 이렇게 차분해?"
엄마는 훈을 보지 않고 말했다.
"아빠는 운명이 거기까지였어. 더는 붙잡을 수 없었어. 할아버지가 그렇게 말하신 걸 어쩌겠니?"
훈은 그 말이 너무 잔인하게 들렸다. 아무리 엄마가 신의 목소리를 전달하는 무당이고 신령계를 믿는 사람이라지만 남편이 죽었는데, 어떻게 그렇게 쉽게 말할 수 있는지 알 수 없었다. 그런데도 세상은 여전히 돌아가고 있었다.
장례식이 끝난 날 밤, 사람의 운명을 미리 알면 이렇게 편한 건가 싶었다. 훈은 혼자 방 안에 앉아 있었다. 아빠 목소리가 자꾸만 들려오는 듯했다.

"훈아, 고생 많았다."

훈은 그 목소리가 그리워서 눈을 감았다. 눈을 감으면 더 선명해지는 목소리였다. 지금이라도 방문을 열고 들여다볼 것만 같았다. 엄마는 부엌에서 저녁을 장만했다.

시간은 무심하게 흘렀다. 훈은 가끔 아빠의 유골함이 모셔진 절을 방문했다. 손끝으로 차가운 봉안당 유골함을 담고 있는 유리문을 쓰다듬으며 아빠를 불렀다. 하지만 아빠는 대답이 없었다. 그저 아빠 문 처사의 존재는 기억과 아픔으로만 남았다. 엄마는 여전히 담담했다. 아무렇지 않게 보이려고 애쓰는 것 같았다.

엄마의 뒷모습이 너무 단단해 보여서, 오히려 훈은 더 슬펐다.

"엄마, 진짜 아무렇지 않아?"

"훈아, 삶이란 게 원래 그래. 언젠간 끝이 있는 거야. 공수래공수거."

훈은 그 말이 싫었다. 끝이 있다는 걸 알아도, 이렇게 갑작스러운 끝은 용납할 수 없었다.

대신 밤마다 지수가 전화를 걸어왔다. 아빠 죽은 뒤 지수는 훈에게 더 살갑게 대했다.

"훈아, 목소리라도 들려주고 싶어서."

"고마워."

짧은 대화였지만, 지수의 목소리가 훈을 살짝 붙들어 주었다.

그즈음 훈은 변해 있었다. 아빠의 죽음은 훈에게 무언가를 남겼다. 그것은 단순한 상실의 슬픔이 아니었다. 그 너머의 세계를 본 듯한 눈빛이었다. 교실은 평소와 같았지만, 훈의 마음은 그전과 달랐다. 아이들은 훈에게 조심스러운 시선을 보냈다.

"훈아, 괜찮아?"

친구들이 물을 때마다 훈은 고개를 끄덕였다.

"고마워. 난 괜찮아."

훈의 목소리는 의연했다. 아빠 잃은 슬픔을 늘 달고 살 수는 없었다. 지수는 그런 훈이 안쓰러워 일부러라도 훈을 보면 미소 지었고, 다정한 말로 배려했다.

"요즘도 애들이 나 때문에 놀리니?"

"아냐. 그렇지 않아."

대답하는 지수의 얼굴은 너무도 창백했다.

우석은 훈의 태도가 마음에 들지 않는 듯했다. 하지만 대놓고 시비를 걸지도 않았다. 오히려 뭔가를 꾸미고 있는 것 같았다. 훈은 우석의 시선을 느꼈지만, 무시했다.

그날 밤, 훈은 강 노인이 준 금단 일부를 면봉 머리만큼 나무젓가락으로 떼어내 한지에 조심스럽게 쌌다. 부쩍 쇠약해진 지수를 위해서였다. 금단은 쇠가 닿으면 안 되는 약이었다. 문 처사는 그것을 '마음을 다스리는 약'이라 불렀다. 물론 훈은 그 약의 위험성을 알고 있었다. 하지만 지수를 위해서라면, 그것마저도 내어주고 싶었다.

다음 날, 훈은 지수를 불렀다.

"지수야, 나랑 잠깐 얘기 좀 하자."

둘은 운동장 한쪽으로 자리를 옮겼다.

"지수야, 너…… 힘들지? 요즘 부쩍 얼굴이 창백해."

그건 사실이었다. 굿을 통해 지수 할아버지 묘를 이장해서 모든 살이 풀렸다고는 하지만 지수는 여전히 쇠약했다.

"아니야, 난…… 너만 있으면 돼."

훈은 조용히 손을 내밀었다. 거기엔 집에서 가져온 금단이 있었다.

"이거 내가 스승님과 함께 만든 금단이야."

"금단이라고?"

"응."

훈은 자기 일부를 드러냈다. 신선도를 수련한다는 내용과 금단을 제조하느라 오랜 시간 노력하고 있다는 내용이었다.

"그런 이야기 처음 들어."

"이거, 너에게 주고 싶어."

순간 지수는 주저했다.

"위험한 거 아니야?"

훈은 진지하게 고개를 저었다.

"아니. 네가 나를 믿는다면, 먹어 봐. 우주의 기운을 끌어당겨 우리 몸을 활성화하는 신비한 영약이야. 100퍼센트 과거의 정통 금단과는 다르겠지만 최대한 스승님과 내가 고문헌에 있는 대로 재현하려고 애를 썼어."

지수의 눈빛이 흔들렸다. 하지만 훈을 향한 믿음이 더 컸다.

"알았어, 훈아. 널 믿을게."

지수는 한지를 조심스럽게 받아서 펼쳤다. 금빛이 도는 금단이 드러났다.

"어떻게 먹어?"

"이걸로 감싸서 먹어."

훈은 꿀을 작은 병에 담아왔다. 지수는 훈이 금단에 꿀을 몇 방울 떨어뜨려 주자 입으로 가져갔다. 달콤한 꿀 향기가 입안에 감돌았다. 한참을 향에 취했다가 그대로 삼켰다.

훈은 숨죽여 지수를 지켜보았다. 순간, 플라시보 효과인지는 몰라도 지수의 얼굴이 조금씩 편안해 보였다.

"어때?"

"이상하게 몸과 마음이 가벼워지는 것 같아."

지수는 웃었다. 오랜만에 본 환한 미소였다. 훈은 그 웃음에 안도했다. 지수의 쇠약한 몸이 조금씩 힘을 되찾는 듯했다.

하지만 훈의 마음 한편에는 두려움이 남아있었다. 이 약이 지수에게 어떤 대가를 요구할지, 알 수 없었기 때문이다. 지수는 그저 훈의 손을 꼭 잡았다.

"고마워, 훈아. 나…… 이제 괜찮아질 것 같아."

훈은 조용히 고개를 끄덕였다.

그러나 둘은 멀리서 우석이 자기들을 노려본다는 걸 알지 못했다. 그 눈빛에는 호기심과 질투가 섞여 있었다.

14. 담벼락 테러

토요일 아침, 공기는 여전히 차가웠다. 훈은 느리게 눈을 떴다. 방 안은 아직도 어두웠지만, 초인종 소리가 그의 잠을 깨웠다.

띵동띵동 —

현관 앞에서 들려오는 작은 소음에 그는 긴장했다.

"훈이 엄마! 금 보살님!"

귀에 익은 아주머니의 목소리가 집 밖에서 들렸다. 훈은 창문을 살짝 열어 밖을 내다보았다. 이웃 주민인 아주머니가 서 있었다. 그녀의 표정은 평소보다 굳어 있었다.

"어쩐 일이세요?"

현관문을 연 엄마는 놀란 얼굴로 그녀를 맞았다.

"이거, 좀 나와 봐요!"

훈과 엄마는 서둘러 대문 밖으로 나갔다. 담벼락에는 선명한 붉은 스프레이 자국이 있었다. 한마디로 어지럽게 낙서가 되어 있었다.

- 무당집 나가라!

- 미신 타파

- 악마의 소굴

이런 말들이 뚜렷하게 새겨져 있었다. 그뿐만이 아니라 코를 잡는 악취가 진동했다. 담벼락 밑에는 똥이 수북이 쌓여 있었다. 말라붙은 지린내 나는 소변 자국도 여기저기 흥건했다.

"어머, 이게 어찌 된……."

엄마는 말을 잇지 못하고 손으로 코를 가렸다. 이웃집 아주머니가 밖에 나왔다가 이걸 보고 알려준 거였다.

"누가 이런 짓을 한 거야?"

엄마의 중얼거림이 훈의 귀를 스쳤다. 엄마는 담벼락 앞에서 한참을 멍하니 서 있었다. 사람들이 하나둘 모여들었다. 골목을 지나던 행인들은 담벼락을 보며 발걸음을 늦췄다. 낮은 목소리로 수군거림이 시작됐다.

"아니, 누가 이런 짓을 한 거야?"

"미신을 믿으면 결국 저렇게 되는 거지."

훈은 그런 말들이 숨 막히게 들렸다. 엄마의 표정은 더 어두워졌다. 담벼락 앞에서 엄마는 한숨을 내쉬었다. 그 모습이 훈의 마음을 더 조여 왔다. 결국 두 사람은 놀란 가슴을 부여잡고 집으로 들어왔다. 거실에 앉아서도 엄마는 넋 놓고 계속 창밖을 바라보았다. 주방 할머니가 부삽을 들고 나가 치운 후

마당의 수도를 호스로 연결해 한참을 씻어냈다. 하지만 붉은 스프레이로 쓴 악마 같은 글씨는 당장 지울 수 없었다.

경찰이 찾아왔다. 담벼락에 대한 신고가 접수되었다는 얘기를 들었다. 엄마는 모든 걸 보여주었다. 경찰관은 묵묵히 사진을 찍었고 주변을 둘러보며 메모했다. 하지만 경찰의 말은 훈을 실망하게 했다.

"부근에 CCTV가 없어서 범인을 특정하기에는 좀 어렵습니다."

그 말에 엄마는 고개를 떨궜다. 경찰은 간단한 질문만 남기고 떠났다.

담벼락 낙서는 그대로 남아 있었다. 엄마는 손을 떨었다.

방 안은 작은 숨소리마저 들릴 정도로 고요했다.

금 보살은 조용히 동네 철물점에 전화를 걸었다.

"여기 금 보살 집인데요. 담벼락의 낙서 페인트로 지워주세요."

오후에 달려온 업자들이 순식간에 담벼락을 하얗게 페인트칠하고 돈을 받아 갔다.

바람이 세차게 불었고 페인트는 금세 말랐다. 하지만 그 안에 가려진 붉은 글자는 가려졌을 뿐 사라진 게 아니었다.

훈은 창가에 앉아 바람 소리를 들었다. 엄마는 방에 앉아 두 손을 모았다. 목탁을 치며 낮은 목소리로 경을 외는 소리가 들려왔다. 지나가던 사람들이 흰 담벼락을 보며 수군대는 소리가 마당 쪽방에 있는 훈의 귀에 다 들려왔다.

"누가 그런 짓을 했대?"

"이상한 종교에 빠진 사람들이 그런 짓 잘 한대요."

"에이, 설마. 남의 종교에 그런 짓을 하겠어요."

주변에서는 여전히 수군거림이 이어졌다.

훈은 학교에 가는 게 두려웠다. 친구들이 무슨 말을 할지 상상만 해도 마음이 무거웠다.

'설마 우석이가 이렇게까지 한다고?'

훈은 우석을 의심했지만 이건 분명히 범죄였다. 중학생이 학교 밖에서 과감하게 이런 행동까지 한다는 건 믿을 수 없는 일이었다.

인터넷에서 그런 짓은 어떤 범죄인지 검색해 보았다. 결론적으로, 남의 집 담장에 스프레이로 낙서하거나 똥오줌을 싸는 행위는 '재물손괴죄'가 기본적으로 성립했다. 상황에 따라 '경범죄 처벌법' '주거침입죄' '명예훼손죄' 등도 추가로 적용될 수 있는 큰 죄였다.

그날 밤, 훈은 다시 악몽을 꾸었다. 담벼락의 글자가 집을 삼키는 꿈이었다. 새벽에 깨어나자, 마음이 한없이 우울했다.

월요일 아침, 학교로 향하는 발걸음이 무거웠다. 밤새 이어진 걱정과 두려움이 훈의 몸을 짓눌렀다. 교문을 지나자, 아이들의 웅성거림이 귀에 박혔다. 그 소리는 마치 비웃음 같았다.

복도를 걸을 때마다, 시선이 훈을 향했다. 아이들은 일부러 목소리를 낮추지 않았다.

"진짜 무당집이라더니. 담벼락 봤냐?"

"붉은 글자가 엄청나게 크더라."

훈의 머릿속이 하얘졌다. 범인은 예상한 대로 우석이 패거리였다.

교실로 들어서자, 우석이네 무리가 핸드폰을 들고 있었다. 그 화면에는 담벼락의 사진이 선명히 떠 있었다. 아이들은 킬킬거리며 화면을 돌려봤다. 눈빛은 조롱으로 가득했다.

"야, 봤냐? 진짜 장난 아니던데?"

누군가는 작은 웃음을 터뜨렸다.

훈의 심장은 두근거렸다. 피가 거꾸로 솟구치는 듯한 느낌이었다. 가방을 내려놓으며, 한숨을 삼켰다. 책상에 앉아도 마음이 가라앉지 않았다. 손바닥이 땀으로 젖어 있었다.

그때, 조용히 다가온 지수의 목소리가 들렸다.

"훈아, 괜찮아?"

지수는 걱정스러운 표정으로 훈을 바라보았다. 그 눈빛은 따뜻했다. 훈은 말없이 고개를 떨궜다. 아무 말 하지 않아도 지수는 훈의 마음을 읽는 듯했다. 그리고 우석이 패거리들이 다 보고 있으리라는 걸 알았다.

"분명히 힘들 거야. 하지만…… 너는 잘 버틸 거라고 믿어."

지수의 목소리는 낮았지만, 훈의 마음을 감싸주기 충분했다. 그 순간, 훈은 조금 숨을 고를 수 있었다. 지수는 살짝 웃었다.

"너 몸은 어때?"

"나, 있잖아…… 금단 먹어서 그런지, 몸이 개운해졌어."

훈은 놀라며 지수를 바라봤다. 지수의 표정은 오히려 밝았다.

"신기하지? 몸이 가벼워진 것 같아. 너도…… 조금씩 괜찮아질 거야."

지수의 말은 어딘가 위로 같았다. 갑자기 마음이 밝아진 훈은 작은 미소를 지어 보였다.

그러나 마음속 깊은 곳에서는 분노가 솟구쳐 올랐다. 지수가 옆에 있어도, 훈의 생각은 계속 우석을 향했다. 그는 사진을 돌려본 게 우석이라는 걸, 이미 알고 있었다.

'잘못은 잘못이야. 이대로 넘어갈 수는 없어.'

흰 담벼락은 더 낙서하기 좋았다. 훈은 마음속으로 조용히 다짐했다. 반드시 증거를 잡겠다고, 그리고 응징하겠다고. 학교 수업이 귀에 들어오지 않았다. 종소리가 울려도, 훈의 머릿속은 온통 복수로 가득했다. 지수의 홍조 도는 얼굴을 보자 금단을 반드시 완성하고, 그릇된 것을 바로잡겠다는 의지가 샘솟았다.

집으로 돌아오는 길, 훈은 주변을 천천히 살폈다. 담벼락은 하얗게 빛났다. 그것이 훈의 분노를 더 부추겼다. 저 순결하게 하얀 벽에 또 못된 짓을 할 게 뻔했기 때문이다.

밤이 되자, 훈은 집 주변을 돌기 시작했다. 골목을 따라 발소리만이 울렸다. 가로등 불빛이 희미하게 골목을 비쳤다. 어디선가 밤공기가 서늘하게 스며들었다. 훈은 주변을 주의 깊게 살폈다. 누군가의 흔적이라도 찾고 싶었다. 밤이 깊어지자, 골목은 더욱 고요해졌다.

그때, 담벼락 저 멀리 1톤 트럭이 주차하면서 전조등을 끄는 것이 보였다. 낡은 트럭이었다. 하지만 느낌이 왔다. 훈은 조용히 트럭 쪽으로 다가갔다. 트럭 안을 핸드폰 조명으로 살펴보니 작은 불빛이 깜박이는 블랙박스가 보였다. 가슴이 두근거렸다. 혹시라도 그 블랙박스에 모든 게 담겨 있을지도 모른다는 생각이 들었다.

훈은 트럭 주인을 찾기 위해 주변을 돌아다녔다. 다행히 근처의 낡은 창고에 불이 켜져 있었다.

"아저씨, 죄송한데요. 이 트럭 늘 여기 세워 두나요?"

"그래, 우리 주차장이야."

"혹시 블랙박스 좀 볼 수 있을까요?"

"왜?"

훈의 목소리는 떨렸지만, 눈빛은 단호하게 자초지종을 말했다. 이야기를 다 들은 트럭 기사는 잠시 훈을 바라보다가 고개를 끄덕였다.

"그렇다면 보여주마."

기사는 블랙박스를 확인해 주겠다고 했다. 그리고 트럭 문을 열고 블랙박스 메모리를 꺼내 건넸다.

"가져가서 보고 내일 아침 우리 사무실로 가져와라."

"감사합니다. 감사합니다."

노트북에 꽂은 메모리 카드가 보여주는 화면에는 어두운 골목의 모습이 담겨 있었다. 시간은 자정 무렵으로 맞춰져 있었다. 훈은 숨을 죽였다. 화면 속에서 몇몇 아이들이 골목을 서성이는 모습이 보였다. 그중 한 명은 분명히 우석이었다. 우석의 웃음소리가 화면에서 희미하게 들려왔다. 아이들은 담벼락 앞에서 스프레이를 꺼냈다. 빨간색 스프레이가 휙휙 흔들렸다. 담벼락에 글자가 나타나기 시작했다.

'저럴 수가.'

훈의 눈동자가 흔들렸다. 손끝이 차가워졌다. 화면 속에서 아이들은 비닐에 담아온 똥까지 담벼락 앞에 던졌다. 밤공기에 아이들의 웃음소리가 섬뜩하게 울렸다. 훈은 이를 악물었다. 영상이 끝날 때까지 한순간도 눈을 떼지 못했다. 모든 증거가 거기에 있었다.

훈의 마음은 더 뜨거워졌다. 이제는 도망치지 않을 것이다. 그는 방에 들어서자마자 책상 앞에 앉았다. 핸드폰에 찍은 증거 영상을 확인하면서, 마음을 다잡았다.

'이대로 피하기만 할 수는 없어.'

이제, 혼자 된 엄마의 고통을 멈추게 할 시간이었다. 밤하늘은 여전히 어두웠지만, 훈의 눈빛은 절대 흔들리지 않았다. 훈은 조용히 침대에 누웠다.

우석에게 반드시 그 대가를 치르게 하겠다고, 마치 다이어리 마지막 문장을 쓰듯 결심했다. 담벼락 앞에서 다시는 엄마가 고개를 떨어뜨리지 않도록 하겠다고.

15. 응징의 시간

 다음 날 아침, 하늘은 잔뜩 흐려 있었다. 학교 교문 앞에 훈이 서 있었다. 그는 오늘, 반드시 끝을 보겠다는 결심으로 하루를 시작했다. 학교로 들어가지 않고 교문 옆에 서 있던 우석을 기다리는 건 바로 훈이었다. 어제의 일을 생각하면 이건 피할 수 없는 싸움이었다. 이대로 넘어간다면 자신을 속이는 일일 것 같았다.
 그렇게 몇 분쯤 지났을까. 멀리서 여러 명의 패거리를 끌고 키 큰 우석이 나타났다. 우석은 항상 무리를 이끌며 등교했다. 오늘도 마찬가지였다. 그는 장난치며 낄낄대고 있었고, 아이들은 웃음을 터뜨리며 따라오고 있었다. 그러나 훈의 눈빛을 마주친 순간, 우석은 멈칫했다.
 분위기를 눈치챘는지 우석은 장난을 멈췄고, 표정은 굳어졌다. 그렇지만 그는 일진으로서의 체면이 있었다. 의연한 척 훈을 바라보며 천천히 다가왔다.
 "뭐야, 이 아침부터 서 있기는……. 무슨 일이라도 있냐?"

"그래, 있다. 오늘 너랑 한 판 떠야겠다."

훈의 예상치 못한 말에 우석의 표정이 순간 얼어붙었다.

"뭐라고?"

주변에 있던 친구들이 수군거리기 시작했다.

"이 자식, 돌았나? 진짜 뜨자고?"

훈은 여전히 담담했다.

"믿기 어렵겠지만, 오늘은 진짜야."

"여기서? 학교 앞에서? 다들 보고 있는데?"

훈은 천천히 웃었다.

"쫄리냐?"

"쫄려? 내가? 너 같은 자식한테?"

우석은 비웃듯 말했다. 그러고는 고개를 가로저었다.

"하지만 여기서는 아니다. 체육관에서 보자. 우리 아버지가 길거리에서 싸우는 건 양아치 짓이라고 하셨거든. 그러니 오늘, 네 놈을 정식으로 패주마. 제대로, 아주 깨끗하게."

그동안 나에게 한 건 뭐였냐고 묻고 싶었지만, 훈은 고개를 끄덕였다.

"좋다. 원하는 대로 해."

학교에는 우석이 만든 '극진 가라테 서클'이 있었다. 그들은 체육관 한쪽에 작은 링을 만들고 스파링하곤 했다. 체육 선생님은 사실상 묵인해 주고 있었다. 혈기 왕성한 아이들의 과도한 에너지를 안전하게 풀어낼 공간이 학교에서도 필요했기 때문이다. 훈도 그것을 알고 있었다. 그래서 우석과의 정식 대결에 응한 것이다.

수업이 끝난 오후, 훈은 긴장한 기색 하나 없이 체육관으로 들어섰다. 체육관에는 농구 연습하는 아이들, 줄넘기하는 아이들, 그리고 링 주위에 모여 있는 극진 가라테 서클 멤버들이 있었다. 링 안에는 이미 도복을 입은 우석이 스트레칭하고 있었다. 도복에는 큼지막하게 '극진(極眞)'이라는 한자가 새겨져 있었다.

"정식 대결에서는 도복을 입는 게 룰이지."

우석이 말했다. 훈은 무심하게 교복 윗도리를 벗었다. 그리고 허리띠를 풀었다. 허리를 졸라매면 기가 모이지 않기 때문이었다. 그리고 링 위로 올랐다. 아이들은 웅성거리며 몰려들었다.

"진짜 뜨는 건가 봐."

"핸드폰 켜! 영상 찍어!"

누군가는 몰래 동영상을 촬영하기 시작했다. 우석은 손을 툭 털며 말했다.

"극진 가라테 룰로 간다. 어때?"

가라테는 맨손, 맨발로 싸우지만, 손으로 얼굴을 때리면 안 된다. 발로 얼굴을 차는 건 괜찮고, 몸통과 다리는 마음껏 공격해도 되는 거였다. 기본 경기 시간은 3분이었다.

"맘대로 해."

우석의 패거리 중 한 명이 시계를 들고 외쳤다.

"3분, 시작!"

우석은 바로 다가와 발차기를 시도했다. 그의 발은 정통으로 훈의 관자놀이를 가격했다. 약속한 룰을 깨는 거였다. 그러나 훈은 전혀 반응하지 않았다. 흔들림조차 없었다. 아이들의 입에서 탄성이 터졌다.

"어? 뭐야?"

"분명 맞았는데……."

훈은 이미 몸 안의 기를 돌리고 있었다. 몸 전체에 얇은 막이 형성되었고, 그 덕분에 타격감이 약화한 것이다. 아이들에게는 보이지 않지만, 분명히 그 안에 있는 힘이 존재하고 있었다. 우석은 당황했지만 멈추지 않았다. 발길질과 주먹질이 쉼 없이 이어졌다. 정확히 맞았지만, 훈은 여전히 미동도 없었다. 1분이 지나자, 우석의 얼굴에는 땀이 맺히기 시작했다. 숨이 가빠지고 있었다.

그 순간, 훈이 팔을 올렸다. 그리고 우석의 도복 앞섶을 잡더니, 그대로 몸을 회전시켜 우석을 던졌다. 우석의 몸은 공중에서 몇 바퀴 돌며 링 밖으로 떨어졌다.

쿵!

체육관이 울렸다. 우석은 일어나려 애썼다. 하지만 몸이 말을 듣지 않았다. 훈은 그에게 다가갔다. 그리고 다시 도복의 앞섶을 잡고, 이번엔 머리 위로 들어 올려 그대로 바닥에 내리꽂았다. 우석은 다시 한번 튕겨 나갔지만, 다행히 낙법을 배워 본능적으로 큰 부상은 피했다. 일반인이었다면 척추나 목이 부러질 상황이었다.

"이, 이 자식."

우석은 이를 악물고 다시 일어났다. 그리고 머리를 숙인 채 전력으로 달려왔다. 훈은 한 손으로 그의 이마를 막았다.

"이게 다냐? 더 해봐."

그러나 우석은 이미 체력의 한계에 도달해 있었다. 숨을 헐떡이며 몸을 가누지 못했다. 그때, 시계를 보던 아이가 떨리는 목소리로 외쳤다.

"중지! 끝났어!"

훈은 자리에 앉아 호흡을 가다듬었다. 내공을 다시 모으기 시작했다. 아이들은 그 모습을 지켜보며 두려움에 빠졌다. 그때였다. 우석의 뒤에 있던 한 패거리가 체육관 청소 봉을 들고 훈의 뒤통수를 가격했다.

빡!

청소 봉은 요란한 소리를 내며 그대로 부러졌다. 그러나 훈은 고개만 돌려 그 아이를 바라보았다. 그 눈빛은 광선을 내뿜는 듯했고, 아이는 그 자리에서 주저앉으며 오줌을 지렸다. 무릎 꿇은 우석은 떨며 말했다.

"훈아…… 미안하다. 내가…… 내가 잘못했어……."

다른 아이들도 눈을 피하지 못하고 떨기 시작했다.
그들은 마치 비 오는 날 전깃줄에 옹기종기 모인 까마귀처럼 겁에 질려 있었다.

16. 오만함의 대가

 다음 날 아침부터 학교의 분위기는 완전히 달라졌다. 그동안 아이들을 휘어잡으며 군림하던 일진이 바뀌었다. 그 자리를 차지한 사람은 바로 훈이었다. 등굣길, 학교 교문 앞에는 우석과 그의 패거리들이 나란히 서 있었다. 그들은 누군가를 기다리는 듯 조용했고, 전날과는 전혀 다른 표정을 짓고 있었다.
 "훈이 온다!"
 누군가가 외치자, 아이들은 일제히 고개를 돌렸다. 그들은 달려 나와 훈이 앞을 가로막았다.
 그러나 이전과는 달랐다. 그들의 표정은 비굴했고, 행동은 조심스러웠다.
 "훈아, 어서 와."
 "가방 좀 줄래? 내가 들어줄게."
 야수의 세계였다. 우두머리가 쓰러지자, 그 밑에 있던 무리는 순식간에 새로운 우두머리를 섬기기 시작했다. 그리고 그

중심에는 훈이 있었다. 우석조차도 다르지 않았다. 그의 오만한 표정은 사라졌고, 태도는 바뀌어 있었다.

"훈아, 뭐 도와줄 거 없어?"

그가 먼저 말을 건넸다.

훈은 의아한 듯 물었다.

"너희들, 왜 이래?"

우석이 머리를 긁적이며 웃었다.

"아니야……. 우리가 너를 잘못 봤던 것 같아. 미안해. 그동안 진짜 많이 잘못했어. 다 용서해 줘."

그날 밤, 우석과 패거리들은 훈과의 대결 영상을 반복해서 돌려보았다. 그 영상 속에서 훈은 인간 같지 않은 움직임으로 우석을 제압했다. 그리고 그것을 지켜본 우석의 아버지는 말없이 고개를 저었다.

"이 아이는 너희들과 레벨이 달라. 분명 특별 수련을 받은 아이야. 어디서 수련받았는지는 모르지만, 내가 일본에서 봤던 몇몇 고수들과 비슷한 기운이 느껴진다. 건드리지 마라."

극진 가라테 사범이었던 우석의 아버지는 아들에게 조용히 덧붙였다.

"이 아이와 가까이 지내도록 해라. 그의 내공을 보고 배워라. 그게 네가 강해지는 길이다."

우석은 생각을 바꿨다.

'훈의 마음을 얻고, 실력을 배우자.'

다음 날, 우석은 음료수를 들고 훈에게 다가갔다.
"훈아, 이거 좀 마셔. 아, 어제 고생 많았지? 그리고…… 우리가 도울 일 있으면 언제든 말해줘."
훈은 어색한 미소를 지으며 물러섰다.
"이러지 마……. 불편해."
그런데도 우석은 계속 친근하게 다가왔다. 그의 태도는 확실히 바뀌어 있었다. 이후 학교는 갑자기 평화로워졌다. 이전처럼 누가 괴롭힘을 당하거나 위협을 느끼는 일이 줄어들었다. 훈은 누군가에게 군림하거나 괴롭히지 않았다.
그는 단 한마디만 했다.
"앞으로는 몰려다니면서 아이들 겁주거나 괴롭히지 마."
우석은 조용히 고개를 끄덕였다.
"알았어. 조용히 공부나 열심히 할게."
그 말 한마디에 아이들은 달라졌다. 목소리를 내지 못하던 순한 아이들도 이제는 어깨를 펴고 다녔다. 힘을 과시하던 아이들은 훈의 눈치를 살폈고, 조용한 소문만 돌았다.
"야, 훈이 무협지에 나오는 내공이 있대."
"진짜야? 앉은 채로 붕 뜬대."
"말도 안 돼. 한번 보여 달라고 할까?"
"야, 보여 주겠냐…… 그런 애가……."

아이들은 뒤에서 소곤거리며 훈에 관해 얘기했다. 훈은 그런 소문을 들으며 고개를 숙였다. 경솔하게 나댄 건 아닐까 하는 후회가 들었지만, 학교가 평화로워졌다는 점에서 안도감을 느꼈다. 선생님들도 변화를 감지했다.

"요즘 수업 분위기 좋아졌어."

"일진이 조용해졌대."

"우석이가 애들한테 조심하라고 했대."

교장 선생님은 이유를 알아보려고 했지만, 아이들은 아무 말도 하지 않았다. 다만 몇몇 학생들이 조심스럽게 전했다.

"훈이 조용히 하래요."

"훈이 우석이를 정식 스파링으로 꺾었다던데요."

"운동하는 모양이에요. 합기도를 배운다는 말도 있고, 귀신 도움 받는다는 소문도 있어요."

"에이, 말도 안 돼……."

그날 오후, 훈은 고물상에 들렀다. 강 노인은 훈을 보자마자 날카로운 눈빛으로 말했다.

"훈아, 이리 오너라."

"예, 스승님."

훈은 고개를 숙였다.

"소문이 파다하구나."

"죄송합니다. 단 한 번만…… 비막술을 써 보고 싶었습니다.

위력을 확인하고 싶었고, 연습도 해야 할 것 같아서……."

강 노인은 절레절레 고개를 흔들었다.

"이놈아, 신선의 길은 누군가를 때리거나 보여주기 위해 있는 게 아니야. 정말 위험한 순간, 자기 자신을 지키기 위한 마지막 수단일 뿐이다. 수련은 우주를 지키는 행위다. 왜냐하면 너 자신이 곧 우주이기 때문이다. 누구나 다 우주야."

훈은 입술을 깨물며 고개를 끄덕였다.

"죄송합니다."

"힘을 얻고 나서 오만해지는 것, 그것이 실수라는 걸 왜 모르느냐!"

훈은 엎드리듯 말했다.

"더 열심히 하겠습니다. 스스로 억제하지 못해서 정말 부끄럽습니다."

"가서 정좌하고 앉아라."

훈은 강 노인이 가리킨 자리에 앉았다. 거기엔 가시나무 덤불이 깔려 있었다. 엉덩이와 허벅지, 종아리에 수많은 가시가 파고들었다. 훈은 이를 악물었다. 그 고통은 비막술로도 막을 수 없었다. 복숭아나무 가지가 옆에 있었고, 훈이는 그 나무가 비막을 무력화한다는 사실을 뒤늦게 깨달았다. 피가 줄줄 흘렀다. 예수가 썼다는 면류관의 고통이 이런 것일까. 해가 질 때까지 훈은 가시에 찔린 채 앉아 있었다.

"신선의 도를 잘못 이용한 자들을 흑선이라고 한다. 삼국지의 장각, 그자도 흑선이었다."

 전에 환상 속에서 만났던 장각이 바로 그였다. 강 노인은 장각으로 시작된 흑선의 역사를 말해주었다.

 하늘은 흐렸다. 마치 누군가 먹물을 부은 듯 뿌연 안개가 들판 위를 감쌌다. 바람 한 점 불지 않았고, 새들도 날지 않았다. 그날은 이상한 날이었다. 장각은 조용히 산꼭대기 흙바닥에 무릎을 꿇었다. 그의 손엔 낡은 죽간 하나가 들려 있었고, 그 죽간에는 고대 문자로 '태평도'라 쓰여 있었다. 천 년이 넘은 종교서, 아무도 믿지 않았고, 누구도 끝까지 읽은 자가 없다는 전설의 책이었다. 그는 조용히 눈을 감았다.
 "하늘이 병들었다."
 입속으로 읊조린 말이 기묘하게 메아리쳤다. 순간, 그를 감싼 공기가 요동쳤다. 검은 연기 같은 것이 그의 손끝에서 피어올랐다. 그것은 불도 아니었고, 안개도 아니었다. 보이지 않는 형체, 무형의 에너지, 사람의 마음을 꿰뚫는 기운.
 그때 동생 장보가 다가왔다.
 "형님, 지금 그걸 쓰실 생각이십니까?"
 그의 눈빛은 두려움과 충성이 뒤섞여 있었다. 장각은 대답하지 않고 땅에 지팡이로 선을 그었다. 그러자 그 땅 위에 은은한 빛을 내는 문양이 떠올랐다. 그건 단순한 마법진이 아니었다. 하늘에 대한 도전이었다.

"하늘이 민중을 버렸다면 이 땅에서 새로운 하늘을 일으키는 것, 그것이 내가 해야 할 일이야."

장보는 고개를 끄덕였다. 그의 얼굴엔 어떤 두려움도 없었다. 그날 밤, 장각은 천천히 사람들을 모았다. 처음엔 마을의 노인들이 대상이었다.

"이 약을 드시고 병을 고쳐보세요."

그는 검은 액체를 담은 물병을 내밀었다. 놀랍게도 중풍이 있던 노인의 손이 움직였고, 말을 잃었던 아이가 울음을 터뜨렸다. 소문은 빠르게 퍼졌다.

"하늘에서 내려온 사람이래."

"병을 고친대!"

"기적을 만든대!"

사람들이 몰려들기 시작했다.

비가 내려도, 눈이 와도, 장각 앞에는 매일 수천 명의 사람이 줄을 섰다. 그는 병을 고치고, 기도를 올리며, 하늘과 연결된 존재인 척했다. 하지만 그가 쓰고 있는 건 천공 신법의 어두운 도술이었다. 인간의 마음을 뒤흔드는 주술, 뇌와 감정을 마비시키는 향기, 무의식 속에 명령을 심는 언어. 장각은 그걸 알고 있었다. 그러나 그는 멈추지 않았다.

"하늘이 무너졌다. 이제 인간이 하늘이 되어야 한다."

그의 말에 사람들은 눈물을 흘리며 무릎을 꿇었다.

"형님, 세상을 뒤집기 위해 병사들을 훈련해야 합니다."

장보의 말에 장각은 고개를 끄덕였다.

"민중이 병사다. 절망이 칼이 되고, 분노가 방패가 된다."

그는 사람들에게 황색 건을 나누어 주었다. 누렇게 물들인 천 조각 하나. 그것을 머리에 두르면, 더 이상 백성이 아니었다. 그대로 반란군이었다.

나라 전체가 불타고 황건적의 깃발이 천하를 덮은 건, 술법이 아니라 억눌린 분노의 불꽃 때문이었다. 그 가운데 검은 구름이 머물렀다. 그 중심에는 장각이 서 있었다. 그는 더 이상 사람도, 신도 아니었다. 오직 자신의 신념만을 따라가는 흑선의 그림자였다.

"저도 수련 중 환상 속에서 그를 본 적이 있습니다!"

"그래, 그자는 신선을 어둠으로 이끈 자다. 너는 이미 그 기운을 접했기에, 유혹을 받는 것이다."

"어떻게 해야 합니까?"

"이겨내야 한다. 신선조차도 갈등 속에서 수련을 이어간다. 그 길은 위로 향하는 끝없는 길이다."

"그 끝은…… 어디입니까?"

강 노인은 고개를 떨구었다.

"나도 모른다. 나 역시 수련 중이기 때문이다. 그래서 자신을 이기고 정의로워야 하며, 세상으로부터 자유로워져야 한다. 그게 어렵단 말이다."

그 말에 훈은 스스로 부린 어설픈 재주가 얼마나 부끄러운 일이었는지 뼈저리게 깨달았다.
 "스승님, 정말 잘못했습니다."
 "괜찮다. 그것도 수련의 일부니라."
 그날, 훈은 절뚝거리며 집으로 돌아왔다.
 잠들 무렵, 놀랍게도 그의 몸에 난 상처들은 거의 아물어가고 있었다.
 강 노인의 금단은 단순한 약이 아니었다. 그 안엔 진짜 도(道)가 담겨 있었다.

17. 최후의 일격

　중간고사가 끝난 날, 아이들은 마치 긴 전투에서 벗어난 군인처럼 운동장을 빠져나왔다. 바람은 가벼웠고, 하늘은 맑았다. 모두가 자유를 되찾은 듯, 환한 표정이었다. 훈도 마찬가지였다. 시험이 끝났다는 사실 하나만으로도 마음이 가볍고, 상쾌했다. 그러나 그의 발걸음이 더 가벼운 이유는 따로 있었다. 오늘은 지수와 영화를 보기로 한 날이었다.

　버스를 타고 시내로 향하는 동안 훈은 조용히 창밖을 바라보았다. 도심의 건물들이 스치듯 지나가고, 사람들의 표정이 빠르게 지나갔다. 그 모든 것이 한 장면처럼 스쳐 갔지만, 마음속 설렘은 점점 커졌다. 지수는 영화관 앞에서 만나기로 했다.

　시간보다 조금 이르게 도착한 훈은 가슴이 두근거렸다. 그리고 10여 분쯤 지났을 때, 지수가 나타났다. 그녀는 교복이 아닌 사복을 입고 있었다. 분홍색 니트에 연한 베이지색 치마. 처음 보는 모습이었다. 그 순간, 훈은 심장이 잠깐 멈춘 것 같았다.

　지수는 건강을 되찾은 듯 얼굴에 생기가 돌았고, 환하게 웃고 있었다. 금단을 먹은 효과였는지 그녀의 기운은 더 밝고 또렷했다.

"훈아, 어서 와!"

지수가 먼저 다가왔다.

훈은 얼떨결에 고개를 끄덕이며 말했다.

"지수야, 배고프지? 우리 뭐 먹으러 갈까?"

영화 시간이 아직 남아 있어서 두 사람은 근처 햄버거 가게에 들어갔다. 햄버거를 먹으며 서로를 바라보았다. 훈은 요즘 더더욱 과묵해졌고, 지수는 그런 훈의 침착함이 좋았다.

"엄마는 어떠셔?"

"겉보기엔 그대로야. 그래도 요즘은 좀 밝아지셨어."

지수는 고개를 끄덕이며 말했다.

"우리 엄마, 금 보살님은 요즘 손님이 엄청나게 많아졌어."

"왜?"

"글쎄, 외국인들이 많이 와. 금발에 파란 눈…… 점 보러."

지수는 놀란 눈으로 물었다.

"무속이 외국인들한테도 인기야?"

"응. 요즘 K-드라마 때문인가 봐. 영화 〈파묘〉 〈악귀〉 그런 거 흥행하고 나서, 외국인들이 한국 무속에 관심을 두더라고."

"정말 무속을 알고 오는 걸까?"

"아니야. 관광 상품처럼 여겨서 오는 거야. 그런데 신기한 건 우리 집까지 찾아온다는 거지."

지수는 웃었다.

훈은 놀라움을 감추지 못했다.

"구글에도 우리 집이 올라가 있어."

"대박……"

"실제로 보면 엄마 영어 못해. 근데 상담은 영어로 해."

"엥, 그게 가능해?"

"글쎄, 영어 잘하는 꼬마 동자가 붙었다나 봐. 그러니까 엄마가 갑자기 영어로 말하더라. 외국인들이 다 알아듣고."

"신기하다. 나도 영어 잘하고 싶은데……."

훈은 웃으며 고개를 돌렸다. 내공과 신의 힘은 숨기고 싶은 비밀이었다. 그는 자기가 흑선도의 수련자라는 걸 절대 말하고 싶지 않았다.

시간이 되어 두 사람은 팝콘을 사서 영화관 안으로 들어갔다. 오늘의 영화는 대만에서 온 청춘 멜로물이었다. 옛날 영화 특집이라고 했다. 제목은 〈청설〉 청각 장애를 가진 소녀와 수영을 사랑하는 소년이 우연히 엇갈린 오해 속에서 서로를 이해하게 되는 이야기다. 말보다 마음이 먼저 통하는 세상, 그 진심을 눈빛과 행동으로 전하는 주인공들을 통해 감동을 받았다.

 장애는 벽이 아니라, 오히려 더 깊은 사랑을 싹트게 하는 통로가 된다. 서툴지만 진심인 이들의 사랑 이야기는 누구보다 뜨겁고 단단했다. 이 영화는 '장애는 다르지 않다'라는 진리를 보여주는, 조용한 울림의 영화다. 서툰 사랑, 오래된 슬픔, 짧은 인연에 관한 이야기.

 그들은 모처럼 아무 생각 없이 영화를 보며 웃고 울었다. 지수는 영화의 마지막 장면에서 눈물을 흘렸다.

 "너무 슬프잖아."

 영화가 끝나고 밖으로 나오니 해는 이미 졌고, 거리엔 노을빛이 사라졌다. 두 사람은 분식집에 들러 라면과 떡볶이를 먹었다. 지수는 여전히 눈가가 촉촉했고, 훈은 괜히 말을 아꼈다.

 지수를 집까지 바래다준 뒤, 훈은 천천히 발걸음을 옮겼다. 길가엔 아이들 몇 명이 흐느적거리며 앉아 있었다. 처음엔 그저 노는 줄 알았다. 그러나 녀석들은 갑자기 훈을 공격했다.

 "이 자식! 죽어!"

 각목이 허공을 가르고, 쇠 파이프가 빛을 튕기며 움직였다. 하지만 이미 비막술을 쓰는 훈을 공격할 수는 없었다. 지나가는 사람들의 눈에는 아이들이 춤추듯 움직이는 것처럼 보였다. 환영, 착시, 그리고 흑선술의 위력이었다.

 무리에는 우석도 있었다. 하지만 그는 있는 힘껏 목검을 휘

둘렀다가 보이지 않는 막에 튕겨 나가는 서슬에 손이 저렸다. 그건 마치 바위를 목검으로 치고 그 진동을 손목으로 받는 것과 흡사했다.

"윽!"

훈은 비명을 지르며 주춤대는 우석의 협거(아래턱뼈 모서리와 귓불을 이은 곳의 가운데 있는 혈 자리)를 일지권(가운뎃손가락이 조금 더 튀어나오도록 주먹을 쥔 상태로 공격하는 권법으로 힘이 강력하다)으로 가격했다. 전통 무술에서는 혼혈절이라 부르는 부위였다.

"윽!"

순간 우석은 온몸이 뻣뻣하게 굳어 그대로 통나무처럼 쓰러졌다.

훈은 뒤도 돌아보지 않고 버스 정류장으로 향했다. 버스에 올라타고 창밖을 보며 조용히 눈을 감았다.

남은 아이들은 아직 정신을 차리지 못한 우석의 몸을 흔들었다.

"우석아…… 일어나 봐. 우석아!"

그의 몸은 굳어 있었다. 한 아이가 주저앉으며 소리쳤다.

"누가 좀 도와줘. 안 움직여!"

"병원으로, 빨리 병원으로 가자!"

아이들은 혼신의 힘을 다해 우석을 들었다. 그들은 마치 석상을 들 듯 돌처럼 무거워진 우석의 몸을 부여잡고 병원을 향해 달려갔다.

  도심의 밤은 그렇게 다시 어두워졌다. 영화보다 더 영화 같은 하루가 지나가고 있었다.

18. 괴물의 탄생

월요일, 우석은 학교에 나타나지 않았다. 아침 자습 시간이 되자 몇몇 아이들이 훈에게 다가왔다.

"훈아, 너 동영상 봤어?"

"무슨 동영상?"

"너 극장 앞에서 싸운 장면! 완전 난리 났어."

훈은 급하게 영상을 찾아보았다. 영상 속에는 그가 비막술을 쓰는 장면, 상대편 아이들이 마치 보이지 않는 힘에 쓰러져 괴로워하는 모습이 담겨 있었다.

훈은 당황했다.

'이걸 누가 찍은 거지?'

우석 패거리 중 누군가가 몰래 찍어 유포한 것이었다. 영상이 퍼지자, 문제는 심각해졌다.

"우석이 어떻게 됐대?"

"아직 병원이래. 마비는 풀렸는데…… 의식이 없대."

훈은 마음이 무거워졌다. 훈이 사용한 일지권 가격은 손끝에 온몸의 체중을 모아 급소를 찌르는 기술이었다. 맞은 부위에 따라서 며칠간 혈이 돌지 않아 심각한 상태가 될 수도 있었다.

그때, 교실 문이 벌컥 열렸다. 정장이 잘 어울리는 우람한 체격의 중년 남자가 아이들에게 물었다.

"훈이…… 훈이란 학생 어디 있니?"

"여기 있어요."

그는 훈 앞에 무릎을 꿇다시피 하며 두 손을 잡았다.

"제발, 우리 아들 좀 살려다오……. 나는 우석이 아빠야. 우석이가 지금도 호흡이 어려워. 무슨 일이 있었든 살려만 줘. 원하는 건 뭐든지 해줄게."

훈은 조용히 고개를 끄덕였다.

"다녀오겠습니다."

지수와 눈이 마주쳤다. 그녀는 걱정스러운 얼굴로 바라봤지만, 훈은 미소로 안심시켰다. 우석 아빠의 고급 차에 몸을 실은 훈은 병원으로 향했다.

창백한 얼굴의 우석이 중환자실에 누워 있었다. 가족들과 친척들이 흐느끼고 있었다. 훈은 핸드폰을 꺼내 강 노인에게 전화를 걸었다.

"죄송합니다. 훈련받은 대로 혈을 찔렀는데…… 맞은 녀석이 아직도 못 깨어나요."

수화기 너머로 혀를 차는 소리가 들렸다.

"이 녀석, 그런 식으로 썼다가는 큰일 나! 관원혈을 눌러라. 풀어주면 곧 깨어날 것이다."

훈은 시키는 대로 혈을 눌렀다. 관원(關元)은 배꼽에서 아래로 손가락 세 마디 정도의 위치에 있는, 몸의 기 저장소 같은 역할을 하는 곳이었다. 순간, 우석의 몸이 한 차례 경련하더니, 숨을 들이쉬며 눈을 떴다.

"여기가 어디야……. 으악! 살려줘!"

"괜찮아. 깨어났으니까."

훈은 말없이 뒤돌아섰다. 밖으로 나온 그는 의사와 간호사에게 짧게 말했다.

"깨어났습니다. 들어가 보세요."

병실 안은 금세 가족의 울음과 안도의 숨소리로 가득 찼다. 우석의 아버지는 뛰쳐나와 훈에게 다시 고개를 숙였다.

"정말 고맙다. 너는 도대체 어떻게 그런 힘을 가진 거니?"

"실수였어요. 급소를 찌를 생각은 없었어요."

"나는 극진 가라테를 평생 수련했다. 척 보면 안다, 네가 고수인걸. 하지만 아들 교육은 못 했어. 가라테 고수로 키운다는 핑계로 인성을 놓쳤지. 걸핏하면 체벌하고 욕을 했으니."

그의 눈동자는 후회로 가득 차 있었다.

"사실…… 우석이 엄마는 새엄마다. 어릴 때부터 외로움 속에서 컸어. 나도, 아이도 괴물이 되어갔던 거지."

훈은 조용히 말했다.

"우석이…… 학교 오면 친하게 지낼게요."

"고맙다. 부탁한다. 좋은 친구가 되어다오."

훈이 고개를 숙였다. 더 이상 원망은 없었다. 모든 사람은 각자의 고통과 상처를 안고 살아간다는 것을, 이제 그는 알고 있었다. 교실 문을 열자, 영어 선생님이 수업하고 있었다. 훈은 자리에 조용히 앉았다.

19. 더 큰 도를 향하여

 오늘도 어김없이 훈의 집 앞에는 검은 승용차 몇 대가 멈춰 섰다. 차 문을 열고 내린 중년 남성들이 길 건너편에서 훈의 집을 바라보았다. 말하지 않았지만, 그들의 눈빛은 무겁게 훈의 집 현관을 향하고 있었다. 전국 각지에서 몰려든 조폭들이었다. 그들 사이에서는 극장 앞 훈과 우석의 싸움 영상이 이미 퍼져 있었고, 그 안에 담긴 훈의 비막술은 전설처럼 회자했다. 훈을 포섭하기 위한 시도는 어느새 조직 간 경쟁이 되었다. 그중 누가 먼저 훈을 자기네 편에 넣느냐는, 중요한 과제가 되어버린 것이다.
 첫 접근은 평범한 어느 날, 학교가 끝난 후였다. 학교 앞, 담장 아래에서 예쁘게 차려입은 여성이 훈에게 다가왔다.
 "문훈 학생이죠?"
 그녀는 미소를 지으며 말을 건넸다.
 "네?"
 훈은 낯선 얼굴에 경계를 늦추지 않았다.

"우리 회사에 알바 자리가 있는데, 한번 생각해 볼래요?"

훈은 고개를 저었다.

"저, 그런 거 안 해요."

하지만 여자는 물러서지 않았다.

"아니에요, 우리 얘기 좀 들어보세요."

여자는 예뻤지만, 단순한 외모 이상의 뭔가가 느껴졌다. 강단 있는 어투, 딱 떨어지는 발음, 그리고 어딘지 모르게 거친 기운. 격투기나 유도를 수련한 사람들에게서 느껴지는 단단함이 있었다. 그녀가 내민 명함에는 '한류 유통'이라고 적혀 있었다.

하지만 이어지는 말은 전혀 달랐다.

"사실은…… 심부름센터예요."

"심부름…… 센터요?"

"네. 사람들이 겪는 곤란한 일을 대신 해결해 주는 거죠. 훈이 학생 같은 친구가 있으면 참 도움이 많이 될 것 같아서요."

하지만 이야기를 들으면 들을수록, 그것은 단순한 '도움'이 아니었다. 그들의 해결 방식은 곧 폭력, 주먹, 위협이었다. 폭력 조직이었다. 포장은 유통이었고, 본질은 범죄였다.

"저, 그런 거 진짜 아니에요. 저, 학생이에요."

"누굴 괴롭히라는 것도 아니에요. 우리 조직에 있는 애들 교육 좀 해줘요. 동영상 봤어요. 가만히 있는데 상대방이 나가떨어지더라고요. 회장님이 그 기술 꼭 좀 배우라고 하셨어요."

순간, 훈은 더는 참지 못하고 등을 돌렸다. 뒤따라오려던 여직원은 재빨리 훈의 멱살을 잡으려 손을 뻗었다. 그러나 그녀의 손끝은 허공을 붙잡았을 뿐이었다. 어느새 훈의 주위로 비막이 펼쳐져 있었다. 손이 허공을 헛짚었고, 여자는 믿을 수 없는지, 당황한 채 멈춰 섰다. 훈은 그 틈을 타 빠르게 몸을 돌려 집으로 향했다.

그 사건 이후, 일파만파 소문이 퍼졌다. 어떻게든 훈을 만나보겠다는 사람들, 그를 자기 조직에 데려가겠다는 사람들이 곳곳에서 훈을 쫓기 시작했다. 그들에게 훈은 단순한 학생이 아니었다. 무공의 신동이자, 조직의 미래였다.

사방이 위험했다. 학교도, 집도 안전하지 않았다. 훈이 숨을 수 있는 유일한 곳은 고물상이었다. 훈의 사정을 들은 강 노인은 혀를 찼다.

"속세가 너를 멀리하는구나."

"아니에요……. 세상은 왜 이렇죠? 왜 나를 가만두지 않을까요? 엄마랑 함께 조용히 살고 싶을 뿐인데요."

강 노인은 잠시 침묵하다 말했다.

"모든 인간에게는 언젠가 떠나야 할 때가 온다. 어머니께 말씀드려라."

그날 저녁, 훈은 집에 돌아왔다. 또다시 조폭들이 그를 기다리고 있었다. 그들은 집 앞에서 손을 비비며 엄마에게 애원했다.

"한 번만 만나게 해주십시오. 문훈 군과 이야기만 나눌게요."

훈이 나타나자, 그들은 우르르 몰려들었다.

"문훈 군! 우리랑 얘기 좀 해!"

"우리 사흘간 기다렸어."

"5분이면 돼."

훈은 아무 말 없이 그들 틈을 헤치고 안으로 들어갔다. 대문을 닫는 순간, 밖에서 조폭들이 다시 으르렁거리기 시작했다.

"문훈 군! 우리 좀 도와줘. 돈은 얼마든지 줄게요!"

그들의 말에 훈은 고개를 떨궜다. 처음으로 비막술을 배운 것이 후회됐다.

'내가 이걸 몰랐다면…… 그냥 평범한 학생이었다면…….'

그때, 엄마 금 보살이 현관문을 닫더니 조용히 말했다.

"훈아, 떠날 때가 됐구나."

"왜요? 전 엄마랑 살아야 해요. 아빠도 안 계시는데……."

"아빠는 늘 너와 함께 있어. 법당에 오면 함께 계신단다. 못 느꼈니?"

"모르겠어요. 나 혼자…… 어떻게 해요."

엄마는 긴 한숨을 쉬었다.

"사실은 태어나기도 전부터 너의 운명은 정해져 있었단다.

너는 특별한 시기에 태어난 아이야. 이미 신선의 길을 걸을 운명을 타고났지."

"아빠는 흑선의 도를 받아들여 강 선생을 따라가라고 진작에 말씀하셨어. 이제 그때가 된 것 같다."

"공부는요?"

"속세의 공부가 뭐가 중요하겠니?"

"대학 가고 싶은데요?"

"대학은 돌아와서 언제든지 갈 수 있어. 지금은 네가 하고 싶은 걸 해야 하고, 엄마는 무엇보다도 너를 밖에 있는 저런 사람들로부터 보호하고 싶구나."

"엄마, 그럼 나 혼자 어떻게 살라고요?"

"걱정하지 마. 스님들도 출가할 때는 모든 걸 버리고 가는 거야. 엄마는 지금 신 할아버지가 평생 도와주신다고 했단다."

그것은 사실이었다. 외국인뿐만 아니라 국내에서도 많은 사람이 엄마를 찾아오고 있었다.

굿도 여러 번 하게 되었고, 가끔은 훈도 북을 치긴 했지만, 이제는 공부에 전념하느라 다른 악사를 부르곤 했다.

"이럴 때를 대비해서, 너에게 아빠가 남겨 놓은 편지가 있단다."

훈아,

이 편지를 읽을 무렵, 아비는 더 이상 이 세상에 몸을 두고 있지 않겠지만, 마음은 늘 네 곁에 머물 거다. 사람과 사람의 만남은 하늘이 맺은 인연이다. 너와 나는 전생부터 이어져 온 깊은 실로 묶여 있다.

이 세상에서 삶은 하나의 짧은 여정일 뿐, 너의 길은 이생을 넘어 신선의 길로 이어지고 있단다. 그 길은 외롭고 고된 듯 보이지만, 결국 모든 생명과 조화를 이루는 하늘의 뜻을 따르는 길이다.

아비는 그 길을 알기에 너에게 그것을 맡긴다. 마음이 흔들릴 때는 하늘을 바라보거라. 나는 세상 어디에도 있고 어디에도 없다. 너는 이미 많은 고비를 넘겼고, 그 모든 순간이 너를 단련시킬 것이다.

신선이 된다는 건 초월이 아니라, 모든 존재를 품는 깊은 사랑을 갖는다는 뜻이니라. 사랑으로 세상을 감싸안고, 너의 길을 당당히 걸어가거라.

아버지가 남겨 준 편지를 보고, 훈은 결심했다. 이것이 자신의 길이라는 것을 비로소 알았다. 그리고 이렇게 저들에게 시달리며 살다가는 타락할 것만 같았다.

"마음의 준비를 하고 스승님과 함께 길을 떠나라."

엄마의 허락이 떨어졌다.

그날 밤, 훈은 슬픔을 딛고 지수를 만났다.

"지수야, 나 학교 더 이상 못 다닐 것 같아."

"왜?"

"나만의 길을 가야 해."

"…… 정말이야?"

비밀 하나 남기지 않고 다 이야기해 주었다. 듣고 있던 지수는 눈물을 흘렸다. 금단을 먹고 지수의 건강은 완전히 회복된 상태였다.

"그렇구나. 네가 갈 길이 정해져 있구나."

"응."

지수는 마지막으로 한마디 했다.

"방학 때는 놀러 가도 돼?"

"하하, 사람 사는 곳이니 와도 되지 않을까?"

훈은 작별의 선물로 엄마가 사준 새 핸드폰을 건넸다.

"이건 너 가져."

"핸드폰은 필요한 거 아냐?"

"도 닦을 땐 필요 없어. 이거 너희 굿 도와줬다고 엄마가 사준 핸드폰이야. 너 주고 싶어."

그렇게 지수와 헤어져야 한다는 것이 마음 아픈 훈이었지만, 끝은 애써 유쾌하게 마무리했다.

지수를 보내 주고 고물상으로 찾아가자, 강 노인은 컨테이너 안에서 촛불을 켜 놓고 정좌하고 있었다.

"들어오너라."

"스승님, 주무시는데 방해한 건 아닙니까?"

"네가 올 줄 알았다. 아버지의 편지 읽었느냐?"

"네."

아빠와 강 노인은 같은 마가 도인과 함께 셋이서 지리산 속에 동굴을 파고 신선 공부를 하던 사람들이었다. 속세로 돌아가라는 스승의 말에 강 노인과 아빠는 속세로 돌아왔고, 택시 운전으로 생계를 잇던 아빠는 교통사고로 팔 한쪽을 잃고 난 뒤 엄마와 결혼하여 훈을 낳았다고 했다. 그리고 강 노인은 문 처사가 낳은 아들을 잘 길러서 흑선의 비기를 전달하도록 예정되어 있었다.

"그러면 또 한 분은 어디 계세요?"

"우리의 사형인 마가 도인은 지리산에서 나와 아직 무타산에 살고 있다."

"정말요?"

"너와 금단까지 만들었다고 하니까 웃더구나."

"왜요?"

"엉터리지만 그 정도까지 갔다면 대단하다고 하더라."

훈이는 잠깐 어깨가 으쓱해졌다. 금단을 만들었다는 것이 인정받는 느낌이었기 때문이다.

"우리의 조제 방법이 조금 틀려서 효과가 아주 좋진 않을 거라고, 이번에 들어오면 같이 만들자고 하더구나."

갑자기 약간의 희망이 보였다. 금단을 100퍼센트 완벽하게 만드는 것만도 충분히 인생을 걸 만하다는 생각이 들었기 때문이다.

20. 남는 사람들

일주일 뒤, 강 노인과 훈은 마침내 무타산으로 떠나기로 결심했다. 훈은 담임 선생님을 찾아가 말했다.

"선생님, 저 학교를 옮기려고 합니다."

"어느 학교로 가려고?"

"무타산 밑에 있는 무타중학교요. 전교생이 12명뿐이지만…… 그곳에서 새출발하고 싶어요."

훈의 말에 선생님은 조용히 고개를 끄덕였다. 자세한 설명은 필요 없었다. 훈의 눈빛에서 이미 다짐과 결심이 읽혔다.

"그래, 뭔지는 몰라도 너의 신념을 내가 막을 순 없을 것 같구나. 오히려 작은 학교가 너에게 더 맞을 수도 있지. 괴롭힘도 없고, 네가 꿈꾸는 일들이 더 잘 펼쳐질 수도 있고 말이야."

선생님은 전학 수속, 서류 정리를 모두 직접 도와주었다. 훈은 정중히 고개 숙여 인사했다.

"그동안 감사했습니다."

"아니다, 내가 고맙지. 네 덕에 학교 분위기도 훨씬 좋아졌고, 학부모 민원도 사라졌단다. 학교 폭력이 사라졌으니까. 다른 학교 선생님들도 내년엔 우리 학교로 오고 싶다고 할 정도다. 너는 이미 많은 변화를 만들어낸 아이야."

그날 이후 훈은 학교에 가지 않았다. 집에서도 엄마에게 작별 인사를 건넸고, 무타산으로 향할 준비에 들어갔다. 강 노인을 찾아가 금단 재료와 필요한 물건들을 챙겨 마가 도인이 사는 무타산 주소로 택배를 보냈다.

어느 날 오후, 고물상에 익숙한 얼굴들이 들이닥쳤다. 우석을 비롯해 이른바 다크 웨이브라 불리던 아이들. 모두 거칠고 삐뚤었던 아이들이었지만, 지금은 아니었다. 훈이 앞에 선 우석의 얼굴은 한층 밝고 단단해 보였다.

"훈아, 진짜 떠난다며?"

"응. 이제 내 길을 가야 할 때야. 너희들도 각자의 꿈을 따라 잘 걸어가길 바라."

그러자 아이들은 갑자기 훈의 팔을 붙잡고 눈물을 흘렸다.

"형, 형 덕분에 우리가 새 세상을 맛봤는데…… 이제 형 없으면 우리 어떡해?"

"형한테 무술도 배우고 싶었단 말이야……."

훈은 팔을 빼며 말했다.

"나는 무술을 가르칠 수 없어. 시작도 안 했는걸. 나도 스승님한테 배워야 해."

강 노인이 등장하자, 아이들은 한발 물러섰다가 용기를 내다가갔다.

"할아버지, 우리도 제자로 받아 주세요. 기 수련도 배우고 싶어요. 잘할게요!"

강 노인은 당황했다. 난데없이 나타난 아이들이 그토록 간절하게 매달릴 줄 몰랐기 때문이다.

"이놈들아…… 나는 이제 여기를 떠날 준비 중이다."

"떠나시면 안 돼요! 훈이 형도 가고 할아버지까지 가시면 우리 어떡해요!"

아이들의 간절한 눈빛에 강 노인은 결국 진땀을 흘리며 한마디를 꺼냈다.

"이제야말로 빨리 떠나야겠구나……."

그날 밤, 강 노인은 깊은 생각에 잠겼다. 그리고 다음 날, 비장한 얼굴로 훈을 불렀다.

"훈아, 이걸 가져가거라."

도복과 소품이 담긴 배낭이었다.

"이건 스승님 물건이잖아요."

"맞다. 원래 내 것이었지만, 이제는 네 것이 되어야 해. 사실 우리는 지리산에서 함께 수련할 때 세 명이 각자의 길을 걷기로 약속했었다. 사형 마가 도인은 선도의 본산을 지키고, 네

아버지는 그 맥을 이어줄 후손을 남기는 것이 사명이었지. 그리고 나는…… 속세에서 선도를 전하는 사람이었단다."

"그럼, 이제 스승님은요?"

"아이들이 나를 찾아왔다. 이것도 인연이다. 새로운 제자인 셈이지. 나는 속세를 정화하는 신선의 길을 택하겠다. 그러니 너는 네 길을 가거라. 흑선의 맥을 이어야지. 마가 도인이 널 이끌어줄 거다."

훈은 말없이 고개를 끄덕였다. 엄마도, 스승님도 떠나야 하는 길이 아득하고 막막했지만, 떠나야 했다. 내일이면 홀로 무타산으로 가야 한다.

다음 날, 학교 수업이 끝난 뒤 고물상에 다시 다크 웨이브 아이들이 몰려들었다. 우석과 아이들은 들어서자마자 바닥에 엎드려 강 노인에게 절을 올렸다.

"스승님, 저희 왔습니다!"

"그래, 잘 왔다. 자, 이 고물상에 있는 물건들을 분류해서 한쪽으로 쌓아보자."

"이 많은걸요?"

"도를 닦는다는 건 마음만 닦는 게 아니란다. 몸을 움직이고, 생계를 지킬 수 있어야 도도 있는 법이지."

아이들은 겉옷부터 벗어부쳤다. 성질 급한 아이는 벌써 힘자랑하듯 고물을 옮기기 시작했다. 훈은 아이들의 진지한 얼굴을 보며 놀라움을 감추지 못했다. 철없던 아이들이 이토록 성실하게 일하는 모습은 상상하지 못한 풍경이었다. 잡종 진돗개는 아이들이 많이 몰려오자 신나서 경중경중 뛰며 짖어 댔다. 강 노인은 M 노조 조끼는 물론, S 대학교 후드티, J 소주 점퍼 등 헌 옷을 작업복으로 꺼내 주었다.

'이제 이 동네에서 학교 폭력도, 불량한 아이들도 사라지겠지. 혼탁한 세상에 맑은 물 한 방울이 떨어졌지만…… 그 한 방울이 열 방울 되고, 열 방울이 모여 바다가 되는 법이다.'

훈은 조용히 눈을 감았다. 내일이면 산으로 떠난다. 하지만 그 맑은 물이, 분명 여기에 남아 있을 것임을 믿으며.

21. 마가 도인

 훈은 덜컹대는 시골 버스를 타고 가며 창밖을 바라보았다. 하루에 두 번밖에 운행하지 않는 이 버스는 오늘의 마지막 운행이었다. 무타시에서 출발해 사목리를 거쳐 본촌리를 종점으로 돌아가는 버스라고 했다. 깊은 산골, 해는 이미 서산 너머로 넘어가고 있었다.
 아침 일찍 도원시에서 출발한 훈은 고속버스터미널에서 내려 다시 사목리행 버스를 기다려 타야 했다. 길고 긴 이동, 시간은 생각보다 더디게 흘렀다.
 "마가 도인이 오후에 들어오는 시외버스를 타고 사목리에서 내리라고 했다."
 강 노인은 그렇게 알려주었다. 훈은 비망사에서 엄마 금 보살에게 큰절을 올린 후 고속버스터미널까지 강 노인의 트럭을 얻어 탔다. 그는 훈에게 당부했다.
 "훈아, 너는 흑선의 마지막 적통이다. 너는 반드시 잘할 것이다. 하지만 그걸 안다고 방심하면 안 된다. 최선을 다해라.

마가 도인이 언제까지 너를 돌봐줄지는 아무도 모른다. 우리는 이미 다 늙은이들이니까."

"스승님, 명심하겠습니다."

그렇게 훈은 혼자 고속버스를 타고, 난생처음 강원도 무타산 기슭의 깊은 산골로 들어오고 있었다.

버스는 사목리 정류장에 멈췄고, 훈은 허둥지둥 강 노인이 싸준 생필품과 짐 보따리를 한 아름 안고 내렸다. 버스에서 내리는 사람은 훈이 혼자였다. 해는 뉘엿뉘엿 지고, 낯선 공간 속 홀로 남겨진 그는 마치 세상과 고립된 절대 고독을 맛보는 듯했다.

저만치 훈이 다닐 무타중학교가 보였다. 과거엔 큰 학교였겠지만 지금은 전교생 12명이라는 작은 학교였다. 기다리기로 했던 마가 도인은 그 어디에도 보이지 않았다. 사진 한 장도, 정보 하나도 없는 인물. 흑선의 맥을 이어오던 그 도인은 사목리 산속 어딘가에 움막을 짓고 산다고만 알려져 있었다. 얼마나 기다렸을까. 어둠이 번지기 시작할 무렵, 숲속에서 생활 한복을 걸친 노인 하나가 모습을 드러냈다.

"네가 훈이냐?"

"예."

도인은 명아주 지팡이를 짚고 있었다. 흰 도포를 입은 도인이라기보단 서울 거리에서 만났다면 동네 산책 다니는 노인으로 여겼을 모습이다. 위아래 하얀 실용 한복은 깔끔했다.

"따라오너라."

훈은 무거운 짐을 들고 따라가려 했지만, 도인은 지팡이를 내밀었다.

"여기다 걸쳐라."

"예…… 그런데 무거운데요."

"허허, 이 녀석. 믿음이 부족하구나."

훈은 작은 배낭, 보따리, 쇼핑백까지 세 개를 명아주 지팡이 끝에 걸쳤다. 큰 배낭 하나만 등에 메고 조심스럽게 따르면 된다는 뜻이었다. 놀랍게도 도인은 그 지팡이를 어깨에 걸쳐 멨다. 그야말로 '괴나리봇짐'이 되어버렸다.

"가자."

마가 도인은 길도 없는 숲속을 태연하게 걷기 시작했다. 보고도 믿을 수 없는 괴력이었다. 20킬로그램은 훌쩍 넘을 짐을 어깨에 걸친 채 날아가듯 걷는 노인. 훈은 헉헉거리며 그 뒤를 쫓았다. 30분 이상 어둑어둑한 산길을 오르자, 저 멀리서 개 한 마리가 짖었다. 마가 도인의 움막이 가까워진 것이다. 예상과 달리 움막은 깨끗하게 지어진 번듯한 샌드위치 패널 건물이었다. 훈은 깜짝 놀랐다.

"집이…… 깨끗하네요."

"그래. 산에서 나는 약초를 내다 팔아 돈이 좀 생겼지. 제자도 올 것 같고 해서 봄에 새로 지었다."

그 말에 훈은 잠시 혼란스러웠다.

"네? 제가 올 줄을?"

"이 방이 네 방이다. 택배로 보낸 물건들은 다 여기 있으니 알아서 정리해라. 내일 아침 4시에 일어나 수련 시작이다. 지금, 저 아래 계곡물에서 몸부터 씻고 와라."

"예."

마가 도인은 그렇게 말하고 햇반 하나를 내밀었다.

"이거 전자레인지에 돌려 먹어라. 냉장고 안에 있는 반찬 꺼내서 대충 먹고."

의외였다.

"도인이라고 해서 꼭 가마솥에 밥해 먹는 줄 아냐? 이 녀석아. 여긴 전기도 들어오고, 쿠팡도 들어온다. 아무 걱정하지 말아라."

훈은 여전히 어리둥절했다.

"아까 버스 정류장에서 무타중학교 봤지? 내일부터 그 학교에 다니게 된다. 새벽에 목욕재계하고, 깔끔하게 준비하고 알아서 다녀라."

"알겠습니다."

그렇게 훈의 새로운 삶이 시작되었다. 두렵지도, 불쾌하지도, 어색하지도 않았다. 오히려 어딘가 오래전부터 다니던 곳에 다시 돌아온 듯한 기분이었다.

훈의 흑선 수련은 그날부터 시작되었다. 언제 끝날지도 모르는 긴 여정, 그러나 그는 꿋꿋이 걸어가야만 했다.

차가운 계곡물에서 대충 몸을 씻고 방으로 돌아오자, 바람벽에 이런 문구가 적혀 있었다.

"끝날 때까지, 끝난 게 아니다."

그 문장은 훈이 자신에게 하는 말 같았다.

강 노인의 고물상에 있는 잡종 진돗개와 똑같이 생긴 도인의 개가 나른하게 하품했다.

22. 성장의 약속

　스키장 앞은 북적댔다. 수많은 스키 장비 렌탈 가게들이 성황을 이루었다. 며칠 전 폭설이 내렸기 때문이었다. 무타산 스키장 아래 가게들 사이로 자동차들이 왔다 갔다 했으며, 숍마다 스키를 빌리는 사람들이 있었다.
　빨간색 스키복을 입은 여학생 하나가 스키장 옆에 있는 카페에 들어섰다. 가게 안을 두리번거리던 그녀는 밝은 얼굴로 누군가에게 다가갔다.
　"훈아, 오랜만이야."
　솜으로 누빈 두꺼운 도복을 입은 훈이 앉아 있다가 일어섰다. 옆에는 둥근 가방에 담은 북이 놓여 있었다. 수선을 위해 두어 달 전 맡겨 둔 것을, 오늘 읍내 우체국에서 수령했다.
　"지수야, 반가워."
　훈의 머리는 어느새 어깨까지 자라 있었다. 정말 반가웠다. 눈빛은 형형했다. 지수가 스키장에 놀러 와서 훈을 만나게 된 것은 이번이 처음이었다.

그들은 떨어져 살지만 가끔 연락할 수 있었다. 훈이 스승 마가 도인의 생필품을 가지러 읍내까지 내려왔을 때 가끔 전화하는 거였다. 핸드폰도 없고 컴퓨터도 없는 깊은 산속에 사는 훈의 입장에서는 2주일에 한 번씩 읍내에 내려와 피시방에서 이메일을 보내거나 공중전화를 거는 것이 전부였다.

다행히 약속을 정할 수 있어 지수와는 가끔 통화를 할 수 있었고, 그들은 서로를 그리워하는 마음을 가지고 떨어져 살았다. 세월은 그렇게 1년이 흘렀고, 지수는 이제 중학교를 졸업하고 고등학교에 가기 전 겨울방학에 이곳 무타산 스키장에 일부러 놀러 온 거였다.

"부모님은 잘 계셔?"

지수의 손에는 훈이 주고 온 핸드폰이 빨간 케이스 안에 담겨 있었다.

"응. 잘 지내셔. 지금 스키장 리조트에서 쉬고 계셔. 아빠도 너무 일 많이 해서 이번에 푹 쉬다 가신댔어."

"너무 잘했다."

"내가 굳이 이쪽으로 오자고 그랬잖아. 처음에는 더 시설 좋은 곳으로 가자고 했는데, 와 보시더니 자연환경이 손 타지 않은 그대로라고 좋아하셨어."

"그래, 건강은 좀 어때?"

"아주 좋아졌어. 네가 준 금단 덕분이지."

"다행이다."

"너는, 수련은 어떻게 되고 있어?"

"응. 수련은 계속하고 있어. 어차피 평생 해야 하는 거잖아."

"너, 내공이 많이 쌓인 것 같아."

"그렇지도 않아."

하지만 지수의 말은 일리가 있었다. 오랜만에 본 훈은 덩치도 더 커졌고, 온몸에 잔근육들이 세세하게 자리 잡혀 있었다.

수련은 혹독했고, 강인하게 만드는 것이었다. 훈은 꾸준히 몸을 가꾸어 왔다.

"엄마는 잘 계셔?"

지수는 엄마 금 보살에 관해 물었다.

"응. 엄마는 지금 K-무속으로 유명해져서 전 세계에서 초대받아 다니고 계셔."

"그게 정말이야?"

"응."

그건 사실이었다. 엄마는 갑자기 무당으로서의 명성이 알려졌다. 어쩌다 찾아온 유럽과 중동, 그리고 미국의 외국인들이 하나같이 수백만 구독자를 가진 유튜버들이었다. 그들의 방송에 나가면서 엄마는 싱가포르부터 시작해서 두바이라든가 유럽 등에 무속에 관해 설명하고, 사람들의 운명을 봐주는 일을 하면서 삶이 바뀌어 버렸다. 전 세계에 초대받아 다니기 시작한 거다.

"엄마는 나도 잘 못 봐."
"그렇구나. 놀라운 일이야."
이번에는 훈이 궁금했다.
"우석이랑 아이들은 어때?"
"호호, 대박이야. 그 아이들, 학교에서 선도부원하고 다들 모범생이 됐어."
"정말이야?"
"응. 강 노인 할아버지가 제자로 받아들여 준 뒤에 단체 티를 맞춰 입고 학교 다니고, 공부도 열심히 하고, 다들 할아버지 밑에서 수련하고 있어."
"오, 그래?"
강 노인은 고물상 자리에 가건물을 지어 단전호흡 학원을 만들었다. 본격적으로 멘토링을 시작한 거다. 훈은 강 노인이 속세에서의 마지막 과업이 후학의 양성이라고, 마가 도인에게 들었다는 말을 기억했다.

그들은 한겨울이지만 카페에서 아이스크림과 아메리카노를 마시며 오랜만에 회포를 풀었다.
"그래서 지수 너는 고등학교 진학은 어떻게 하기로 했어?"
"서울에 있는 예술고등학교 가게 됐어."
"잘됐네. 사람은 낳으면 서울로 보내고, 말은 낳으면 제주도로 보내라고 하잖아."

"그런 건 아니고⋯⋯ 예술고등학교에 합격해서 피아노 더 열심히 해보려고. 너는 어때?"

"나는 계속 수련 중이야. 수련은 그 자체가 목적이기 때문에 뭘 어떻게 하겠다는 생각은 없어. 흑선의 맥을 이어 나가야지."

"그렇구나."

지수는 내심 섭섭한 눈치였다. 둘의 운명이 멀어도 너무 멀기 때문이다. 하지만 이내 밝은 얼굴로 말했다.

"그래도 내가 가끔 연락할게."

"응. 알았어."

"공부는 더 안 해?"

"고등학교는 검정고시 보기로 했어. 지금 틈틈이 유튜브로 고등학교 검정고시 준비해."

한참 동창들 이야기를 나누고 있을 때, 카페 앞에 검은 승용차가 섰다. 지수가 손을 흔들었다.

"아빠가 오셨어."

"그렇구나. 밖으로 나가자."

훈이 지수 아빠에게 인사했다.

"안녕하세요?"

"아, 그래. 금 보살 자제구나. 아버지 소식은 들었다. 늦었지만 고인의 명복을 빌게."

"감사합니다."

"너희 아버지와 어머니 덕분에 우리 집안에 우환이 다 풀렸어. 이장한 뒤 지수 몸도 좋아지고 사업도 잘된다."

"그렇게 생각해 주셔서 감사합니다."

"듣자 하니 우리 지수도 건강하게 해줬다고 하는데, 뭘 도와줄 게 없을까?"

"괜찮습니다. 지수가 건강하니 저도 좋습니다."

"너는 완전히 어른 같구나."

"……."

"건강한 젊은이로 잘 자라고 있네. 나중에 도원시에 올 일 있으면 연락해."

"알겠습니다."

그렇게 지수는 아빠의 차를 타고 리조트로 돌아갔다. 차가 사라질 때까지 지켜본 훈도 다시 산속의 움막으로 갈 준비를 했다. 등짐을 메고 장 봐둔 것을 짊어진 뒤, 동굴 초입의 마을까지 가는, 하루 한 번 있는 시외버스를 타기 위해 정류장에 섰다.

무타산에서 내려오는 눈보라가 시작되었다. 하지만 가슴속에 훈훈함을 담고 있는 훈은 지수를 본 반가움으로 앞으로 수년간을 견딜 수 있을 것 같았다.

그의 몸에서 나오는 빛은 검푸른 것이었다. 훈이 흑선의 맥을 이어가는 적통임을 증명하는 듯했다. 등에 멘 북의 소가죽이 낮게 울리며 소리를 냈다.

흑선 黑仙: 검은 신선

발행일 | 2025년 8월 20일 초판 1쇄
지은이 | 고정욱
펴낸이 | 장영훈
펴낸곳 | (주)이츠북스
책임편집 | 고은경
편집 | 김영경, 주순옥, 박희성
마케팅 | 남선희
디자인 | 디자인글앤그림

출판등록 | 2015년 4월 2일 제2021-000111호
주소 | 서울특별시 강서구 화곡로 416, 1715~1720호
대표전화 | 02-6951-4603
팩스 | 02-3143-2743
이메일 | 4un0-pub@naver.com

홈페이지 | www.4un0-pub.co.kr
SNS 주소 | 페이스북 www.facebook.com/saungonggam
　　　　　　　인스타그램 www.instagram.com/saungonggam_pub
　　　　　　　블로그 blog.naver.com/4un0-pub

ISBN | 979-11-94531-18-0 (43810)

※ 이 책은 저작권법에 따라 보호를 받는 저작물이므로 무단 전재와 무단 복제를 금합니다.
※ 이 책 내용의 전부 또는 일부를 사용하려면 반드시 저작권자와 사유와공감의 허락을 받아야 합니다.
※ 잘못되거나 파손된 책은 구입하신 서점에서 교환해드립니다.
※ 책값은 뒤표지에 있습니다.

사유와공감은 (주)이츠북스의 출판 브랜드입니다.

> **사유와공감은** 독자 여러분의 책에 관한 아이디어와 원고 투고를 기쁜 마음으로 기다리고 있습니다. 책 출간 아이디어가 있으신 분은 이메일 4un0-pub@naver.com 또는 사유와 공감 홈페이지 '작품 투고'란으로 간단한 개요와 취지, 연락처 등을 보내 주세요. 여러분을 언제나 응원합니다. ꈍ◡ꈍ